LA SORCIÈRE DORMANTE

ŒUVRES DE MICHAEL MOORCOCK
CHEZ POCKET

LE NAVIRE DES GLACES
LE CAVALIER CHAOS (Le Grand Temple de la S.-F.)

LE CYCLE D'ELRIC

1. ELRIC DES DRAGONS
2. LA FORTERESSE DE LA PERLE
3. LE NAVIGATEUR SUR LES MERS DU DESTIN
4. ELRIC LE NÉCROMANCIEN
5. LA SORCIÈRE DORMANTE
6. LA REVANCHE DE LA ROSE
7. L'ÉPÉE NOIRE
8. STORMBRINGER
9. ELRIC A LA FIN DES TEMPS

LA LÉGENDE DE HAWKMOON

1. LE JOYAU NOIR
2. LE DIEU FOU
3. L'ÉPÉE DE L'AURORE
4. LE SECRET DES RUNES
5. LE COMTE AIRAIN
6. LE CHAMPION DE GARATHORM
7. LA QUÊTE DE TANELORN

LA QUÊTE D'EREKOSË

1. LE CHAMPION ÉTERNEL
2. LES GUERRIERS D'ARGENT
3. LE DRAGON DE L'ÉPÉE

LES LIVRES DE CORUM

1. LE CHEVALIER DES ÉPÉES
2. LA REINE DES ÉPÉES
3. LE ROI DES ÉPÉES
4. LA LANCE ET LE TAUREAU
5. LE CHÊNE ET LE BÉLIER
6. LE GLAIVE ET L'ÉTALON

SCIENCE-FICTION
Collection dirigée par Jacques Goimard

MICHAEL MOORCOCK

LE CYCLE D'ELRIC

LA SORCIÈRE DORMANTE

Titre original :
The Sleeping Sorceress
Traduction :
Michael Demuth

La loi du 11 mars 1957 n'autorisant, aux termes des alinéas 2 et 3 de l'article 41, d'une part, que les *copies ou reproductions strictement réservées à l'usage privé du copiste et non destinées à une utilisation collective*, et, d'autre part, que les analyses et les courtes citations dans un but d'exemple et d'illustration, *toute représentation ou reproduction intégrale ou partielle, faite sans le consentement de l'auteur ou de ses ayants droit ou ayants cause, est illicite* (alinéa 1er de l'article 40).
Cette représentation ou reproduction, par quelque procédé que ce soit, constituerait donc une contrefaçon sanctionnée par les Articles 425 et suivants du Code pénal.

© by Michael Moorcock - 1977
© Temps Futurs 1982, pour la traduction française
ISBN 2-266-02931-2

LE TOURMENT
DU DERNIER SEIGNEUR

> ... Et ainsi Elric quitta Jharkor à la poursuite de certain sorcier qui lui avait, proclamait-il, causé quelque tort...
>
> Chronique de l'Epée Noire.

1
PRINCE PÂLE SUR UNE GRÈVE
AU CLAIR DE LUNE

DANS le ciel, une lune froide drapée de nuages baignait de sa pâle lumière une mer plate. Un vaisseau était à l'ancrage au large d'une côte inhabitée.

Depuis le pont, on descendait un canot qui se balançait au bout des harnais. Deux personnages enveloppés de longues capes observaient les hommes de l'équipage tout en s'efforçant de maintenir leurs chevaux dont les sabots claquaient sur le pont instable. Les montures renâclaient en roulant des yeux apeurés.

Le plus petit des deux hommes raccourcit encore la bride et grommela : « Pourquoi était-ce nécessaire ? Nous aurions pu débarquer à Trepesaz. Ou tout au moins dans un port de pêche qui ait une auberge, aussi humble.

— Parce que, ami Tristelune, je désire que notre arrivée à Lormyr soit secrète. Si Theleb K'aarna a connaissance de ma venue — ce qui se serait produit dès que nous aurions touché Trepesaz — il s'enfuira de nouveau et la poursuite devra recommencer. Cela te ferait-il plaisir ? »

Tristelune haussa les épaules.

— Je continue à penser que cette chasse au sorcier n'est qu'un substitut à des actes plus authentiques. Vous le poursuivez plutôt que de poursuivre votre destin...

Lentement, Elric tourna la tête. Son visage, sous la

lune, était d'une blancheur d'ossement. Le regard de ses yeux rouges était mélancolique.

— Et quand bien même ? Tu n'as pas à m'accompagner si tu ne le souhaites pas.

Tristelune eut un nouveau haussement d'épaules.

— Mais oui, je sais. Mais peut-être suis-je avec vous pour les mêmes raisons qui vous poussent à courir après le sorcier de Pan Tang... (Un sourire effleura ses lèvres.) Mais nous avons suffisamment discuté comme cela. N'est-ce pas, Seigneur Elric ?

— Discuter ne conduit à rien, admit Elric.

Il tapota le museau de sa monture. Des marins vêtus des habits de soie colorés propres aux Tarkeshites vinrent prendre les chevaux pour les faire descendre jusqu'au canot. Piaffant dans le vide, leurs hennissements étouffés par les sacs que l'on avait passés autour de leur tête, les chevaux se retrouvèrent bientôt dans l'embarcation.

Il semblait que leurs sabots menaçaient d'en crever le fond. Elric et Tristelune, assurant leur ballot sur leur dos, se laissèrent glisser au long des cordages. Puis les marins poussèrent leurs avirons contre le flanc du navire et se mirent bientôt à ramer en direction du rivage.

On était à la fin de l'automne et l'air était froid. Tristelune eut un frisson en observant les falaises dénudées dont ils s'approchaient.

— L'hiver n'est plus très loin, dit-il, et je serais mieux dans quelque taverne amicale plutôt qu'à vagabonder au loin. Lorsque nous en aurons terminé avec ce sorcier, que diriez-vous de gagner Jadmar ou l'une des grandes cités Vilmiriennes afin de voir si un climat plus clément profite à notre humeur ?

Elric ne répondit pas. Ses yeux étranges fouillaient les ténèbres. Il semblait qu'il percevait en cet instant les profondeurs de son âme et que cela ne lui plaisait guère.

Avec un soupir, Tristelune plissa les lèvres. Il se drapa un peu plus dans sa cape tout en frictionnant ses mains engourdies. Il était accoutumé aux brusques silences de son compagnon, mais cela ne l'avait nullement conduit à les apprécier. Quelque part sur la grève, un oiseau nocturne fit entendre son cri et, plus loin, un petit animal glapit. Les marins grommelèrent en forçant sur leurs avirons.

La lune sortit des nuages et dessina le visage blanc et lugubre d'Elric. Ses yeux semblaient deux brandons venus tout droit de l'enfer. Les falaises nues apparurent plus clairement.

Les marins posèrent leurs rames à l'instant où le fond du canot racla sur les galets. Les chevaux, qui avaient reniflé la terre, s'ébrouèrent en claquant des sabots. Elric et Tristelune se levèrent pour les maintenir.

Deux des marins sautèrent dans l'eau glacée pour soutenir l'embarcation. Un autre, tout en flattant l'encolure du cheval d'Elric, s'adressa à son maître sans le regarder en face.

— Le capitaine a dit que vous nous paieriez quand nous aurions atteint le rivage Lormyrien, Mon Seigneur.

Avec un grognement, Elric glissa la main sous sa cape et présenta une pierre qui brillait furieusement au sein de la nuit. Avec une exclamation étouffée, le marin tendit la main pour s'en emparer.

— Par le sang de Xiombarg ! Je n'ai encore jamais vu de gemme aussi magnifique !

Mais déjà Elric guidait sa monture dans l'eau peu profonde et Tristelune le suivit en marmonnant des jurons et en secouant violemment la tête.

Avec des rires, les marins repoussèrent le canot vers le large.

Comme l'embarcation disparaissait dans les ténèbres et qu'ils montaient en selle, Tristelune ne put s'empêcher de remarquer : « Ce joyau valait cent fois le prix de notre passage !

— Et alors ? fit Elric.

Il chaussa ses étriers et dirigea son cheval vers une partie moins abrupte de la falaise. Il se redressa un instant pour ajuster sa cape, puis assura sa position en selle.

— Il semblerait qu'il y ait un passage là-bas, si j'en juge par la végétation.

— Puis-je observer, déclara Tristelune d'un ton amer, que si cela n'avait dépendu que de vous, Seigneur Elric, nous serions à présent sans moyen d'existence. Si je n'avais pris la précaution de garder par devers moi une part de ce que nous a rapporté cette trirème que nous avons capturée et vendue aux encheres de Dhakos, nous serions désormais des pauvres

— Ay ! lança Elric d'un ton désinvolte, et il stimula sa monture qui s'élança sur le sentier vers le haut de la falaise.

Irrité, Tristelune secoua encore la tête et suivit son compagnon albinos.

A l'aube, ils chevauchaient dans le paysage ondulé de vallées et de collines basses qui était celui de la péninsule septentrionale de Lormyr.

— Puisque Theleb K'aarna a besoin de riches protecteurs, expliqua Elric en chemin, il se rendra très certainement dans la capitale, Iosaz, où règne le Roi Montan. Il proposera ses services à quelque noble et peut-être au Roi Montan lui-même.

— Et quand donc serons-nous en vue de la capitale, Seigneur Elric ? demanda Tristelune tout en observant les nuages.

— Il nous faudra encore plusieurs jours de chevauchée, Maître Tristelune.

Tristelune soupira. Il lisait des signes de neige dans le ciel et la tente roulée au pommeau de sa selle était de soie fine, faite pour les terres plus clémentes de l'Est et de l'Ouest. Il remercia ses dieux de porter un épais pourpoint fourré sous sa cuirasse et d'avoir enfilé des culottes de laine sous les habituelles braies de soie rouge avant de quitter le navire. Sa coiffe conique, faite de fer, de cuir et de fourrure, avait deux oreillettes qu'il avait maintenant rabattues en les maintenant par un lacet noué sous le menton. Sa lourde cape en peau de daim était étroitement ajustée sur ses épaules.

Elric, pour sa part, ne semblait pas avoir conscience de la froidure. Sa cape volait au vent et il ne portait que de légères culottes de soie bleu foncé, une chemise noire également en soie, à col haut, ainsi qu'une cuirasse d'acier laquée de noir, tout comme son casque, et gravée de délicats motifs d'orfèvrerie. De grands paniers de bât étaient attachés de part et d'autre de sa selle, en même temps qu'un arc et un carquois de flèches. A son côté, il avait ceint sa grande épée Stormbringer, source de sa puissance et de son malheur et, à sa hanche droite, un long poignard dont lui avait fait don la reine Yishana de Jharkor.

Tristelune était également muni d'un arc et de flèches. A la hanche gauche, il portait un glaive court et droit, et à la hanche droite une lame longue et courbe, à la manière des hommes d'Elwher, sa terre natale. Ces deux armes étaient dans des étuis de cuir Ilmiorien magnifiquement ouvragés, surpiqués de fils d'or et de pourpre.

Les deux compères, pour quiconque n'avait entendu parler d'eux, ressemblaient à des mercenaires dont la carrière avait été plus particulièrement heureuse.

Leurs montures les portaient sans défaillir à travers la campagne. C'étaient de grands destriers Shazariens, réputés dans tous les Jeunes Royaumes pour leur intelligence et leur vigueur.

Après toutes ces semaines durant lesquelles ils avaient vécu confinés à bord du navire Tarkeshite, ils retrouvaient avec bonheur leur liberté de mouvement.

Ils étaient à présent en vue de petits hameaux de maisons basses faites de pierre et de chaume et prenaient bien garde de passer au large.

Lormyr était l'un des plus anciens parmi les Jeunes Royaumes et une large part de l'histoire du monde s'y était déroulée. Les Melnibonéens eux-mêmes avaient entendu le récit des exploits de ce héros des premiers âges de Lormyr, Aubec de Malador, de la province de Klant, dont on disait qu'il avait taillé de nouveaux territoires dans la matière-même du Chaos qui existait au Bord du Monde. Mais Lormyr, depuis ses temps de puissance, n'avait plus fait que décliner. Elle demeurait encore une des nations majeures du Sud-ouest mais, en mûrissant, elle était devenue à la fois pittoresque et cultivée. Elric et Tristelune découvraient des fermes pimpantes, des champs bien entretenus, des vignobles et des vergers dont les arbres mordorés étaient encadrés de murs anciens recouverts de mousse. C'était là un pays de calme et d'harmonie opposé aux nations frustes et violentes du Nord-ouest telles que Jharkor, Tarkesh et Dharijor que les deux compagnons avaient laissées derrière eux.

Ils chevauchaient au trot quand Tristelune déclara : « Theleb K'aarna pourrait susciter ici bien des infortunes, Elric. Cela me rappelle les plaines et les collines douces d'Elwher, mon pays natal. »

Elric acquiesça.

— Lormyr en a fini avec ses années de turbulence lorsqu'elle s'est libérée des liens de Melniboné pour devenir la première une nation indépendante. J'ai de l'affection pour ce paysage. Il calme mon esprit. Nous avons donc maintenant une nouvelle raison de retrouver ce sorcier avant qu'il ne mijote quelque nouveau brouet de corruption.

Tristelune eut un sourire tranquille.

— Soyez prudent, Mon Seigneur, car l'on dirait bien que vous succombez à nouveau à ces émotions tendres que vous méprisez tant...

Elric se raidit.

— Allons. Hâtons-nous vers Iosaz.

— Plus vite nous atteindrons une cité avec auberge décente et un bon feu, mieux cela vaudra, admit Tristelune en se drapant un peu plus dans sa cape.

— Alors, prie pour que l'âme du sorcier retourne dans les Limbes, Maître Tristelune, car alors je pourrai m'asseoir avec toi devant l'âtre durant tout l'hiver si tu le veux.

Et Elric lança soudain son coursier au galop tandis que le soir tombait sur les collines tranquilles.

2

VISAGE BLANC DANS LA TOURMENTE

SES fleuves immenses avaient fait la renommée de Lormyr en même temps qu'ils l'avaient rendue riche et puissante.

Après trois journées de voyage, alors qu'une neige fine s'était mise à tomber, Elric et Tristelune quittèrent les collines et découvrirent devant eux les flots écumants de la rivière Schlan, tributaire du Zaphra-Trepek qui prenait sa source par-delà Iosaz pour aller se jeter dans la mer à Trepesaz.

Dans cette partie du cours, il n'y avait aucun bateau car la Schlan était encore coupée de rapides et de chutes formidables sur plusieurs milles. Mais, dans la cité ancienne de Stagasaz, bâtie au confluent de la Schlan et du Zaphra-Trepek, Elric avait l'intention d'envoyer Tristelune acheter une petite embarcation qui leur permettrait de remonter le fleuve jusqu'à Iosaz, où ils étaient presque certains de trouver Theleb K'aarna.

Ils suivaient les rives de la Schlan, à présent, chevauchant à vive allure dans l'espoir d'atteindre les faubourgs de la cité avant la nuit. Ils passaient au large de villages de pêcheurs et de demeures de petits nobles. Parfois, des pêcheurs leur adressaient des signes amicaux depuis le cours tranquille de la rivière, mais ils ne s'arrêtaient pas. Les pêcheurs avaient tous les caractères typiques de cette région, le visage rougeaud, la moustache épaisse et frisée. Ils portaient des blouses de toile richement brodées et de hautes bottes de cuir qui leur arrivaient presque à mi-cuisse. Ces hommes, dans les temps anciens, avaient toujours été prêts à poser leurs filets pour prendre leurs glaives et leurs hallebardes et s'élancer sur leurs destriers à la défense de leur terre.

— Est-ce que nous ne pourrions pas emprunter un de leurs bateaux ? suggéra Tristelune. Mais Elric secoua la tête.

— Les pêcheurs de la Schlan sont bien connus pour être bavards. La nouvelle de notre arrivée pourrait bien nous précéder jusqu'aux oreilles de Theleb K'aarna.

— Vous me semblez excessivement prudent...

— Je l'ai été trop peu souvent.

Ils arrivaient en vue de nouveaux rapides. D'énormes rochers noirs luisaient dans la pénombre. Les eaux grondantes allaient se perdre vers le bas dans un jaillissement d'embruns. Il n'y avait ici nul village, nulle demeure, et le sentier qui suivait la berge accidentée était si étroit et traître qu'Elric et Tristelune furent contraints de ralentir l'allure pour guider leurs montures avec prudence.

— Nous ne serons jamais à Stagasaz avant la nuit ! cria Tristelune dans le fracas de la chute.

Elric hocha la tête : « Nous établirons le camp après les rapides. Là-bas. »

La neige tombait toujours et, avec le vent en plein visage, il devenait de plus en plus difficile de repérer le sentier qui, maintenant, serpentait loin au-dessus de la rivière.

Mais enfin, le tumulte finit par diminuer, les flots se calmèrent et le sentier s'élargit à nouveau. Quelque peu soulagés, ils explorèrent la plaine du regard, en quête d'un lieu où camper.

Tristelune fut le premier à les apercevoir.

D'un doigt incertain, il montra le ciel au nord.

— Elric. Que faites-vous de ceux-là ?

Elric examina le ciel bas en chassant les flocons de neige de ses cils. Tout d'abord, il parut déconcerté, le front plissé, les paupières mi-closes.

Des formes noires.

Des ailes.

A cette distance, il était impossible de juger de leur taille, mais elles ne volaient pas comme volent les oiseaux. Il lui revenait le souvenir d'une autre créature ailée, une créature qu'il avait vue pour la dernière fois lorsque, avec les Seigneurs de la Mer, il avait fui Imrryr en flammes et que le peuple de Melniboné avait donné libre cours à sa vengeance contre les pillards.

Cette vengeance avait eu deux formes.

La première avait été les frégates dorées qui étaient passées à l'attaque lorsqu'ils avaient quitté la Cité Qui Rêve.

L'autre forme de la vengeance avait été les grands dragons du Glorieux Empire.

Et ces créatures, au loin, avait l'aspect des dragons.

Les Melnibonéens avaient-ils trouvé un moyen d'éveiller les dragons avant le terme de leur sommeil normal ? Les avaient-ils donc lancés à la poursuite d'Elric, celui qui avait frappé les siens, trahi son inhumanité afin de se venger de son cousin Yyrkoon qui avait usurpé sa place sur le Trône de Rubis d'Immryr ?

A présent, l'expression d'Elric était un masque sinistre. Ses yeux cramoisis luisaient comme deux rubis. Sa main s'était portée à la poignée de sa grande épée de bataille, Stormbringer, l'épée runique et il luttait contre un sentiment d'horreur croissant.

Car maintenant les formes avaient changé. Elles n'évoquaient plus des dragons mais plutôt des cygnes multicolores dont les plumages luisants reflétaient les ultimes rayons du jour.

Tristelune eut une exclamation étouffée.

— Ils sont énormes !

— Tire ton épée, mon ami Tristelune. Frappons maintenant et prions les dieux qui veillent sur Elwher, quels qu'ils soient. Car ce sont là des créations de la sorcellerie sans nul doute envoyées par Theleb K'aarna afin de nous détruire. Mon respect pour ce conjurateur est encore plus grand.

— Mais que sont-elles donc, Elric ?

— Des créatures du Chaos. A Melniboné, on leur donne le nom d'Oonai. Elles peuvent changer de forme à leur gré. Seul un sorcier aux pouvoirs exceptionnels, doué d'une grande discipline mentale et qui connaît les sorts appropriés, peut les maîtriser et déterminer leur apparence. Certains de mes ancêtres étaient capables de telles choses, mais j'aurais juré que nul conjurateur de Pan Tang ne pourrait maîtriser les chimères !

— Vous ne connaissez aucun sort pour les repousser ?

— Il n'en est aucun qui se présente à l'esprit. Seul un Seigneur du Chaos tel Arioch, mon patron-démon, saurait les conjurer.

Tristelune eut un frisson.

— Alors, je vous en supplie, invoquez votre Arioch !

Elric lui décocha un regard amusé.

— Faut-il que ces créatures t'inspirent grande peur pour que tu sois prêt à te trouver en présence d'Arioch, Maître Tristelune...

Tristelune brandit sa longue épée à lame courbe.

— Peut-être n'en ont-elles pas après nous, dit-il, mais il vaut mieux nous tenir prêts.

— Prêts ! fit Elric en souriant.

Tristelune dégaina alors son épée droite tout en enroulant la bride de sa monture autour de son bras.

Des criaillements aigus plurent des cieux.

Les chevaux piaffèrent.

Les cris devinrent plus forts. Comme les créatures ouvraient leurs becs pour s'appeler, il apparut à l'évidence qu'elles n'étaient nullement des cygnes géants car elles étaient pourvues de longues langues ondulées et de crocs fins et acérés. Elles modifièrent imperceptiblement leur vol en s'approchant à tire d'aile des deux compagnons.

Elric, renversant la tête, leva sa grande épée vers le ciel. Il s'en éleva bientôt une plainte en même temps qu'une étrange radiance noire et pulsante qui souligna les traits blêmes du seigneur albinos.

Les destriers Shazariens hennirent et se cabrèrent à l'instant où des mots se déversaient des lèvres grimaçantes d'Elric.

— Arioch ! Arioch ! Arioch ! Seigneur des Sept Ténèbres, Duc du Chaos, aide-moi ! Aide-moi en cet instant, Arioch !

La monture de Tristelune venait de battre en retraite sous l'effet de la panique et le petit homme avait beaucoup de mal à la maîtriser. Son visage était maintenant aussi pâle que celui d'Elric.

— Arioch !

Dans le ciel, les chimères volaient en cercle.

— Arioch ! Du sang et des âmes si tu m'aides à l'instant !

Alors, à quelques mètres de là, une brume sombre apparut, venue de nulle part. Elle semblait bouillonner et porter en son sein des formes bizarres et répugnantes.

— Arioch !

Très vite, la brume s'épaississait.

— Arioch ! Je t'en supplie ! Aide-moi !

Sa monture rua en hennissant, les naseaux dilatés, roulant des yeux apeurés. Mais Elric resta en selle, ses lèvres retroussées lui donnant l'expression d'un loup féroce, tandis que la brume sombre tremblotait, laissant apparaître un visage étrange, inhumain ; un visage d'une pure beauté, d'une malveillance absolue.

Tristelune dut détourner les yeux.

Les lèvres étaient belles, la voix était douce, avec des accents sifflants. La brume tournoyait avec langueur, diaprée d'écarlate et de vert émeraude.

— Je te salue, Elric, dit le visage, je te salue, toi le plus chéri de tous mes enfants.

— Arioch, aide-moi !

— Hélas... Hélas, cela ne se peut pas...

Il y avait un accent profond de regret dans la voix du démon.

— Il faut que tu m'aides !

Les chimères hésitaient à présent. Elles venaient de découvrir l'apparition brumeuse.

— Cela est impossible, O le plus doux de mes esclaves. D'autres affaires sont en train dans le Royaume du Chaos. Des affaires d'une importance énorme pour lesquelles j'ai été requis. Je ne puis te proposer que mes vœux.

— Arioch ! Je t'en supplie !

— En dépit de tout, souviens-toi de ton serment au Chaos et reste-lui loyal. Adieu, Elric.

Et la brume sombre disparut.

Et les chimères se rapprochèrent.

Et Elric eut un soupir déchirant tandis que, dans sa main, l'épée runique gémissait et tremblait en perdant un peu de sa radiance.

Tristelune cracha sur le sol.

— Votre patron est puissant, Elric, mais diablement inconstant.

Il sauta précipitamment de selle à l'instant où une créature dont la forme changeait sans cesse plongeait sur lui en dardant des serres énormes.

Le cheval se dressa vers la bête du Chaos.

Des crocs claquèrent.

Là où il y avait eu une tête, il n'y avait plus qu'un torrent de sang. La monture décapitée lança une dernière ruade avant de s'effondrer pour déverser d'autres flots de sang que but la terre avide.

L'Oonai remonta vers le ciel en emportant la tête du cheval dans ce qui était tantôt un bec, une gueule de squale, un groin couvert d'écailles.

Tristelune se redressait. Mais il ne voyait rien d'autre que sa fin imminente.

Elric, à son tour, sauta de sa monture. Il lui claqua le flanc et elle s'élança au galop en direction de la rivière. Une autre chimère la suivit.

Cette fois, des serres jaillirent brusquement des pattes de la créature volante pour se refermer sur le corps du cheval. Il se débattit pour tenter d'échapper à l'affreuse étreinte, menaçant de se rompre l'échine dans sa frénésie, mais en vain. La chimère regagna le ciel nuageux avec sa proie.

La neige tombait maintenant en abondance, mais Elric et Tristelune n'y prenaient pas garde. Côte à côte, ils attendaient la prochaine attaque des Oonai.

— Ne connaissez-vous pas d'autre sort, mon ami Elric ? demanda tranquillement Tristelune.

L'albinos secoua la tête.

— Rien qui puisse s'appliquer à ce cas précis. Les Oonai ont toujours servi les gens de Melniboné. Jamais elles ne nous ont menacés. Nous n'avions pas besoin de sort pour les conjurer. Mais j'essaie de réfléchir...

Les chimères tournaient au-dessus de leurs têtes en caquetant et en sifflant.

L'une d'elles plongea soudain vers la terre.

— Elles attaquent individuellement, remarqua Elric d'un ton détaché, comme s'il observait des insectes dans une bouteille. Jamais en groupe. Je ne sais pas pour quelle raison...

L'Oonai, qui s'était posée au sol, assumait à présent la forme d'un éléphant avec une tête de crocodile.

— Cette combinaison n'est guère esthétique, dit Elric.

Le sol trembla quand elle chargea dans leur direction.

Ils restèrent épaule contre épaule, comme soudés. La créature était presque sur eux.

Et, au dernier instant, ils s'écartèrent. Elric se jeta d'un côté et Tristelune de l'autre.

La chimère passa entre eux et Elric lui porta un coup au flanc.

L'épée runique eut un cri presque lascif en mordant profondément la chair de la chimère, qui, instantanément, se changea en un dragon dont les crocs crachaient du venin.

Mais elle était gravement blessée.

Le sang jaillissait à flots de la blessure. La chimère, sans cesser de crier, se mit à changer de forme, de plus en plus rapidement, comme si elle espérait se débarrasser de sa blessure.

Mais le sang noir s'écoulait avec plus d'abondance encore, comme si les changements de forme n'avaient eu pour effet que de déchirer un peu plus son corps.

Elle tomba à genoux et ses plumes perdirent leur lustre, ses écailles leur brillance et sa peau son éclat. elle eut un dernier soubresaut et puis demeura immobile. Ce n'était plus maintenant qu'une créature pareille à un porc, lourde et noire, dont le corps flasque était le plus laid qu'Elric et Tristelune eussent jamais contemplé.

Tristelune eut un grognement.

— Il n'est pas difficile de comprendre pourquoi cette créature veut changer d'apparence...

Puis il leva la tête.

Une autre chimère fonçait sur eux.

Celle-ci avait l'aspect d'une baleine ailée, munie de défenses aiguës et courbes et d'une queue qui ressemblait à un énorme tire-bouchon.

A la seconde où elle se posa, elle changea d'apparence.

Cette fois, sa forme était humaine. L'être qui s'avançait vers eux était musclé et beau, deux fois plus grand qu'Elric, nu, parfaitement proportionné, mais son regard était vide et il avait les lèvres pendantes d'un enfant idiot. Il levait ses grosses mains comme pour saisir un jouet.

Cette fois, Elric et Tristelune frappèrent de concert, chacun choisissant une main.

La lame de Tristelune trancha profondément le poignet de l'être et Elric découpa deux doigts avant que l'Oonaï modifie encore une fois son apparence pour devenir d'abord une pieuvre, puis un tigre monstrueux, puis un mélange des deux et enfin un rocher dont l'unique crevasse révélait des dents féroces et blanches.

En haletant, les deux compagnons se préparèrent au second assaut. A la base du rocher, du sang s'écoulait et cela fit naître une idée dans l'esprit d'Elric.

Avec un cri soudain, il bondit en avant, leva son épée et l'abattit sur le rocher qu'il trancha en deux.

A l'instant où la forme de la chose se modifia pour laisser apparaître la créature à l'apparence porcine qu'ils avaient déjà vue, l'épée noire fit entendre une sorte de rire.

L'être était partagé en deux. Son sang et ses entrailles étaient répandus sur la terre.

Alors, dans la tourmente du crépuscule, une autre Oonaï passa à l'attaque. Son corps était d'un orange phosphorescent, elle avait la forme d'un serpent ailé long d'un millier d'anneaux.

Elric frappa, mais le serpent était trop vif.

L'autre chimère avait observé le combat des deux compagnons contre ses congénères et elle pouvait à présent mesurer leur habileté. Les bras d'Elric furent presque aussitôt paralysés par l'étreinte des anneaux et il fut enlevé dans les airs en même temps que Tristelune, qui avait succombé à l'autre chimère.

Elric s'attendait à connaître la mort qu'avaient connue leurs montures, ce qui était préférable à la lente agonie promise par Theleb K'aarna.

Les grandes ailes d'écailles battaient puissamment dans le ciel. Nul bec ne s'ouvrait pour lui arracher la tête.

Le désespoir l'envahit quand il prit conscience que lui et Tristelune étaient en route vers le nord, vers la grande steppe Lormyrienne.

Nul doute que Theleb K'aarna les attendait au bout de ce voyage.

3

GRAND CIEL TOUT EMPLI DE PLUMES

La nuit était venue et les chimères ne ralentissaient pas leur vol, formes noires dans la tourmente.

En dépit des efforts d'Elric, l'étreinte des anneaux ne se relâchait pas. Il serrait son épée runique et cherchait frénétiquement dans son esprit quelque moyen de venir à bout des monstres.

Si seulement il avait disposé d'un sort...

Il essayait de ne pas penser à ce que ferait Theleb K'aarna s'il s'avérait que c'était bien le sorcier qui avait lancé les Oonai contre eux.

Les talents d'Elric en sorcellerie résidaient surtout dans la maîtrise qu'il avait des divers élémentaires de l'air, du feu, de l'eau et de l'éther, ainsi que des entités qui avaient quelque affinité avec la flore et la faune de la Terre.

Il en était venu à décider que son dernier espoir était d'invoquer l'aide de Fileet, Dame des Oiseaux, qui vivait dans un royaume situé sur un autre plan que la Terre, mais l'invocation requise lui échappait.

Et quand bien même s'en souviendrait-il, l'esprit devait s'ajuster d'une certaine façon, il fallait retrouver le rythme exact des incantations, les mots précis, les inflexions. Tout cela avant même d'invoquer l'assistance de Fileet. Car, entre tous les élémentaires, elle était aussi difficile à invoquer qu'Arioch le versatile.

Dans les rafales de neige, il crut entendre Tristelune prononcer des paroles indistinctes.

— Qu'y a-t-il, Tristelune ? cria-t-il.

— Je voulais — seulement — savoir si — si vous étiez encore vivant, Elric.

— Ay ! — à peine...

En vérité, son visage était gelé et de la glace s'était formée sur sa cuirasse et son casque. Tout son corps était douloureux de l'emprise des anneaux ainsi que de la morsure du vent.

Le vol des chimères les emportait toujours plus profond dans la nuit des terres du nord et Elric s'efforça au calme. Il plongea en transe afin de retrouver dans son esprit la connaissance de ses ancêtres.

A l'aube, les nuages s'étaient dispersés. Sur la neige, les rayons rouges du soleil étaient comme du sang sur de la steppe. Elle allait d'un horizon à l'autre, blanche sous le voile bleu du ciel où se levait le caillot du soleil.

Sans défaillir, les chimères poursuivaient leur vol.

Lentement, Elric sortit de sa transe. Il adressa une prière à ses dieux douteux pour qu'ils l'aident à retrouver l'incantation qui convenait.

Ses lèvres étaient presque soudées par le givre. Il les effleura de la langue et ce fut comme le contact de la glace. Il aspira le vent aigre et toussa avant de lever la tête vers le ciel. Ses yeux cramoisis devinrent vitreux.

Il obligea ses lèvres à former des syllabes étranges, à prononcer les mots lourds de voyelles de Haut Langage de l'Ancienne Melniboné, un langage qui convenait mal à la bouche de l'homme.

— Fileet, murmura Elric. Puis il commença l'incantation. Et, comme le chant filtrait de ses lèvres, l'épée runique se fit chaude dans sa main et lui transmit de l'énergie afin que les paroles du chant effroyable percent le ciel glacé.

Par les plumes et le sang nos destins se sont liés.
L'homme et l'oiseau à jamais conciliés
Devant les dieux tout-puissants se sont alliés.
Sur l'autel ancien cet acte fut consacré
Qui nous vouait toi et moi à ne jamais nous parjurer.

Fileet, toi dont les ailes de rêve règnent sur le ciel
Souviens-toi maintenant de ce mariage éternel
Et porte secours à ton frère qui t'appelle.

L'appel allait plus loin que les mots de l'invocation. Il y avait les pensées abstraites qui se formaient dans l'esprit, les images qui devaient persister durant le chant, les émotions et les souvenirs, qu'il fallait affiner pour les rendre présents. Si le moindre détail était omis, l'invocation restait vaine.

Il y avait bien des siècles, les Rois Sorciers de Melniboné avaient conclu un marché avec Fileet, la Dame aux Oiseaux : chaque oiseau qui nicherait dans l'enceinte d'Imrryr serait protégé, nul oiseau ne serait abattu par un homme de sang Melnibonéen. Le marché avait été respecté et la Cité Qui Rêve était devenue le havre de toutes les espèces d'oiseaux et ses tours avaient littéralement été revêtues de plumages.

Elric, chantant l'incantation, se souvenait de ce marché et il implorait Fileet de ne pas oublier ses engagements.

> *Frères et sœurs du ciel*
> *Accourez, déployez vos ailes*
> *Aidez-moi, entendez mon appel...*

Ce n'était pas la première fois qu'il en appelait aux élémentaires et à ceux qui leur étaient proches. Très récemment, il avait ainsi invoqué Haaashaastaak, Seigneur des Lézards, dans son combat contre Theleb K'aarna. Mais auparavant, il avait fait appel aux services des élémentaires du vent — sylphes, sharnahs et h'Haarshanns — ainsi qu'à ceux de la terre.

Pourtant, Fileet se montrait inconstante.

Et, à présent qu'Imrryr n'était plus que ruines vacillantes, il se pourrait bien qu'elle décide d'oublier leur ancien pacte.

— Fileet...

L'invocation répétée l'avait épuisé. Il n'aurait pas la force d'affronter Theleb K'aarna même si l'occasion lui en était donnée.

— Fileet...

Et puis il y eut un grand remous dans l'air et une ombre immense s'abattit sur la chimère qui emportait Elric et Tristelune vers le nord.

Elric leva les yeux et sa voix se brisa. Puis il sourit et dit : « Je te remercie, Fileet. »

Car le ciel était noir d'oiseaux. Des aigles et des rouges-gorges, des étourneaux et des freux, des milans et des roitelets, et des corbeaux, des faucons, des paons, des flamants, des pigeons, des perroquets, des tourterelles, des pies, des corneilles et des chouettes.

Toutes ces plumes luisaient comme de l'acier et le ciel était empli des cris de tous ces becs.

L'Oonai dressa sa tête de serpent et siffla, sa langue jaillit entre ses crocs et sa queue battit furieusement l'air. Une autre chimère changea de forme pour devenir un condor gigantesque et fonça à tire d'aile vers le grand nuage d'oiseaux.

Mais ceux-ci ne furent pas dupes. La chimère fut très vite submergée et elle disparut. Avec un cri effrayant, quelque chose de noir et de porcin descendit en spirale vers la terre en répandant un sillage d'entrailles et de sang.

Une autre chimère prit sa forme de dragon, un dragon presque semblable à ceux qu'Elric avait autrefois domptés en tant que maître de Melniboné, mais plus grand et sans rien de la grâce de Crocs-de-Flammes et ses compagnons.

Lorsqu'il cracha son venin ardent sur les alliés d'Elric, une atroce odeur de chair et de plumes grillées se répandit dans le ciel.

Mais les oiseaux arrivaient toujours plus nombreux en criant, en sifflant, en croassant, en ululant, dans le battement d'un million d'ailes, et une fois encore l'Oonai disparut, une fois encore il y eut un cri vite étouffé, une fois encore un être semblable à un cochon déchiqueté tomba vers le sol.

Les oiseaux se divisèrent alors en deux nuages pour se porter au-devant de la chimère qui emportait Elric et Tristelune. Ils prirent la forme de deux pointes de flèches géantes. En tête venaient dix grands aigles dorés qui plongèrent droit sur les yeux ardents de l'Oonai.

A l'instant de l'attaque, la chimère fut contrainte de changer de forme. Immédiatement, Elric se sentit tomber comme une pierre. Tout son corps était engourdi et il ne pensait qu'à serrer la poignée de Stormbringer. Il maudit l'ironie de son sort. Il n'avait été sauvé des bêtes du Chaos que pour trouver la mort sur la terre glacée.

Mais sa cape fut saisie au vol et il se retrouva suspendu dans les airs. Levant les yeux, il vit alors que plusieurs aigles avaient refermé leurs serres et leurs becs sur son vêtement et qu'ils ralentissaient sa chute. Ainsi, il n'éprouva qu'un choc douloureux en heurtant la neige.

Les aigles retournèrent alors au combat.

De même ceux qui venaient de déposer Tristelune à quelques mètres de là.

Tous se portèrent à l'attaque de la dernière Oonai.

Tristelune prit l'épée qu'il avait lâchée dans sa chute et se massa le mollet droit.

— Je ferai tout mon possible pour ne plus manger de volaille, dit-il d'un ton convaincu. Alors vous avez retrouvé l'invocation, hein ?

— Ay !

Deux corps porcins tombèrent non loin de là avec un bruit sourd.

Pendant quelques instants, les oiseaux se livrèrent à une étrange danse tourbillonnante dans le ciel. Ils saluaient les deux compagnons tout en célébrant leur victoire, puis toutes les espèces se regroupèrent et s'éloignèrent rapidement. Bientôt, dans le ciel d'un bleu de glace, il n'y eut plus un seul oiseau.

Elric réussit à mouvoir son corps endolori et, d'un geste roide, il remit Stormbringer dans son fourreau. Avec une inspiration profonde, il leva les yeux et dit :

« Fileet, encore une fois, je te remercie. »

Tristelune semblait encore ébahi.

— Elric, comment les avez-vous appelés ?

L'albinos ôta son casque pour essuyer la sueur car,

dans ces régions, celle-ci deviendrait bientôt de la glace.

— Un marché ancien conclu par mes ancêtres. J'ai eu du mal à me rappeler les mots de l'incantation.

— Je suis bien heureux qu'ils vous soient revenus !

Elric hocha la tête d'un air absent. Puis il remit son casque sur la tête et promena son regard sur l'immense steppe enneigée de Lormyr.

Tristelune devina ses pensées. Il se frotta le menton.

— Ah ! Nous sommes vraiment perdus, Seigneur Elric. Avez-vous une idée de l'endroit où nous nous trouvons ?

— Je l'ignore, mon ami Tristelune. Nous ne sommes point à même de deviner jusqu'où ces bêtes ont pu nous emporter, mais je suis à peu près certain qu'elles allaient vers le nord de Iosaz. Nous sommes plus loin de la capitale que nous l'étions lorsque...

— Mais il doit en être de même pour Theleb K'aarna ! S'il est vrai que l'on nous emportait vers son repaire...

— J'admets que cela serait logique.

— Ainsi, nous poursuivons vers le nord ?

— Je ne le crois pas.

— Pourquoi donc ?

— Pour deux raisons. Il se peut que l'idée de Theleb K'aarna ait été de nous rejeter en un endroit si lointain que nous ne puissions déjouer ses plans. Ce qui serait un acte plus sage que de choisir de nous affronter au risque de voir le sort se retourner contre lui...

— Ay ! Je vous l'accorde. Et quelle est l'autre raison ?

— Nous aurions meilleur compte à nous rendre jusqu'à Iosaz où nous pourrons retrouver des effets et des provisions et nous enquérir de Theleb K'aarna s'il n'y réside point. Et ce serait également folie que de poursuivre vers le nord sans de bonnes montures. A Iosaz, nous pourrons en trouver et peut-être faire l'acquisition d'un traîneau qui nous permettrait de nous déplacer plus rapidement sur cette neige.

— Là aussi je vous accorde que c'est bien raisonné.

Mais je ne crois pas que nous ayons grande chance, avec cette neige, où que nous allions.

— Il faut nous mettre en marche et espérer trouver une rivière qui ne soit pas encore prise par la glace. Et que cette rivière compte quelque bateau qui nous conduira jusqu'à Iosaz.

— Un bien faible espoir, Elric.

— Ay ! Un bien faible espoir.

L'invocation de Fileet l'avait vidée de toutes ses forces. Il savait qu'il allait très certainement mourir mais il n'était pas certain d'en être impressionné. La mort qui se dessinait serait plus propre que tant d'autres qui lui étaient apparues récemment — et certainement moins douloureuse que toutes celles que lui promettait le sorcier de Pan Tang.

Ils s'avancèrent dans la neige, lentement, en direction du sud. Ils n'étaient plus que deux silhouettes dans le paysage glacé, deux minuscules créatures de chair et de chaleur dans l'immense étendue gelée.

4

ANCIEN CHATEAU SOLITAIRE

Un jour passa, puis une nuit. Le soir du second jour passa et toujours les deux hommes erraient car depuis longtemps ils avaient perdu tout sens de la direction.

La nuit vint et toujours ils marchaient.

Ils ne pouvaient plus parler. Leurs os étaient raides et la chair de leurs muscles engourdie.

Le froid et l'épuisement les avaient rendus insensibles et, lorsqu'ils tombèrent dans la neige et demeurèrent immobiles, ils eurent à peine conscience d'avoir cessé de marcher. Ils ne concevaient plus de différence entre la vie et la mort, entre l'existence et l'interruption de l'existence.

Quand le soleil se leva et réchauffa quelque peu leur chair, ils bougèrent et levèrent la tête, peut-être dans un ultime effort pour entrevoir ce monde qu'ils quittaient.

Ils virent un château.

Il se dressait là-bas, au milieu de la steppe, et il était ancien. La neige avait recouvert le lichen et la mousse qui poussaient sur les pierres usées. Il semblait qu'il s'était toujours dressé là, depuis le début de l'éternité, pourtant jamais Elric ni Tristelune n'avaient entendu parler d'un château isolé dans la steppe. Il était difficile d'imaginer comment un aussi vieux château pouvait exister sur ces terres qui s'étaient autrefois appelées le Bord du Monde.

Tristelune fut le premier à se redresser. Il tituba dans la neige jusqu'à Elric et prit son compagnon entre ses mains crevassées.

Le flux ténu du sang s'était presque tari dans le corps d'Elric. Comme Tristelune le relevait, il gémit. Il voulut parler, mais ses lèvres étaient scellées par le givre.

Se soutenant l'un l'autre, tantôt marchant, tantôt rampant, ils s'approchèrent du château.

L'entrée en était ouverte. Comme ils la franchissaient, l'air tiède de l'intérieur leur fit suffisamment reprendre leur sens pour qu'ils se redressent et suivent en chancelant un étroit passage qui débouchait dans un vaste hall.

Le hall était vide.

Il était totalement dépourvu de meubles, si l'on exceptait la cheminée de granit et de quartz, à l'autre bout, dans laquelle des bûches flambaient. Ils s'avancèrent sur les dalles de lapis-lazuli.

— Ce château est donc habité.

La voix de Tristelune était encore épaisse et rauque. Il contempla les murs de basalte et, d'une voix aussi forte qu'il le pouvait, il cria :

— Nous saluons le maître de ce hall, quel qu'il soit. Nous sommes Tristelune d'Elwher et Elric de Melniboné et nous en appelons à votre hospitalité car nous sommes égarés dans votre terre.

Les genoux d'Elric se dérobèrent sous lui et il tomba.

Les derniers échos des paroles de Tristelune se répercutaient encore dans le hall tandis qu'il se penchait sur son ami. Le silence régna de nouveau, avec le crépitement de l'âtre.

Tristelune traîna Elric jusqu'au foyer et l'étendit.

— Réchauffez vos os, mon ami Elric. Je vais aller m'enquérir de l'hôte de ces lieux.

Il traversa le hall et gravit l'escalier de pierre qui conduisait à l'étage.

Tout comme le hall, l'endroit était totalement dépourvu de mobilier ou de décoration. Il y avait de nombreuses pièces, toutes vides. Tristelune commença à se sentir mal à l'aise. Il devinait ici quelque chose de surnaturel. Se pouvait-il que ce fût le château de Theleb K'aarna ?

Car, en vérité, quelqu'un vivait ici. Quelqu'un avait allumé le feu et ouvert les portes afin qu'ils aient accès à l'intérieur. Et si quelqu'un était sorti, ce n'était pas de façon ordinaire, car il n'y avait aucune trace dans la neige.

Tristelune s'arrêta, puis fit demi-tour et redescendit l'escalier. En arrivant dans le hall, il vit qu'Elric avait repris suffisamment de force pour s'appuyer contre le manteau de la cheminée.

— Qu'as-tu... trouvé ? demanda Elric d'une voix épaisse.

Tristelune haussa les épaules.

— Rien. Ni serviteur, ni maître. S'ils sont partis à la chasse, ce doit être sur des montures volantes, car il n'y a pas la moindre trace de sabots sur la neige. Je dois reconnaître que je me sens un peu nerveux (Il sourit vaguement.) Ay ! et j'ai aussi un peu faim. Je vais me mettre en quête du garde-manger. S'il y a du danger, mieux vaut l'affronter l'estomac plein.

Il y avait une porte de renfoncement, à côté du foyer. Tristelune pesa sur la poignée et la porte s'ouvrit sur un passage à l'extrémité duquel il y avait une autre porte. Tristelune s'avança, l'épée à la main. La deuxième porte s'ouvrait sur un salon aussi désert que les autres pièces du château. Plus loin, il trouva les cuisines. Tristelune remarqua que tous les ustensiles étaient propres et polis mais qu'ils ne servaient probablement pas. Finalement, il parvint au garde-manger.

Une belle moitié de daim était accrochée là. Sur un rayon, il vit des peaux et de nombreuses jarres de vin. En dessous, il y avait du pain et quelques pâtés et, tout en bas, des épices.

Le premier geste de Tristelune fut de se hisser sur la pointe des pieds pour prendre une jarre de vin. Il ôta le bouchon et se pencha pour humer le contenu.

De toute sa vie, il n'avait jamais rencontré un parfum aussi précieux, aussi délicat.

Il en but une gorgée et oublia d'un coup sa fatigue et

sa souffrance. Mais il n'oublia pas qu'Elric l'attendait dans le hall

D'un coup de son épée, il trancha une pièce de gibier qu'il mit sous son bras. Puis il choisit quelques épices qu'il glissa dans sa bourse de ceinture. Sous son autre bras, il prit du pain et empoigna une jarre dans chaque main.

Il regagna le hall, posa son butin et aida Elric à boire un peu de vin.

L'alcool au parfum étrange fit presque immédiatement effet et Elric adressa à Tristelune un sourire empreint de gratitude.

— Tu es... un bon ami... Mais je me demande pourquoi...

Tristelune se détourna avec un grognement d'embarras et se mit à préparer la pièce de daim afin de la faire rôtir dans l'âtre.

Il n'avait jamais vraiment compris l'amitié qui le liait à l'albinos. Elle avait toujours été faite d'un bizarre mélange d'affection et de réserve, un équilibre délicat que les deux hommes s'évertuaient à maintenir, même dans des situations aussi particulières que celles-ci.

Elric, depuis son amour passionné pour Cymoril qui avait abouti à sa mort et à la destruction de la cité qu'il aimait, s'était toujours gardé de montrer la moindre tendresse envers ceux qu'il venait à rencontrer.

Ainsi avait-il fui Shaarilla de la Brume Dansante, qui l'avait tendrement aimé. Et la reine Yishana de Jharkor, qui lui avait fait don de son royaume en dépit de la haine que ses sujets éprouvaient envers le prince albinos. Elric repoussait toute compagnie, hormis celle de Tristelune, et ce dernier, lorsqu'il n'était pas en compagnie du prince aux yeux rouges, ressentait très rapidement un mortel ennui. En fait, Tristelune était prêt à mourir pour Elric et il n'ignorait pas que le maître d'Imrryr pouvait braver tous les dangers afin de secourir son ami. Mais cette relation n'était-elle pas malsaine ? Ne valait-il pas mieux qu'ils prennent des chemins divergents ? Mais cette pensée était insupportable à l'esprit de Tristelune. Il lui semblait qu'Elric et lui constituaient une seule et même entité, qu'ils offraient plusieurs facettes du caractère d'un être unique.

Pourtant, il ne parvenait pas à comprendre ce sentiment. Et il se disait que si jamais le Melnibonéen devait réfléchir à cette question, il n'aurait pas non plus de réponse à proposer.

Il réfléchissait à tout cela tout en rôtissant la pièce de venaison au-dessus du feu, se servant de son épée comme d'une broche.

Pendant ce temps, Elric buvait encore quelques lampées de vin et semblait à l'évidence se remettre. Sa peau portait encore la trace des morsures du froid, mais bien des hommes avaient su échapper aux gelures.

Ils mangèrent le gibier en silence. Sans cesse leur regard explorait le hall. L'absence de tout habitant les intriguait mais leur épuisement était tel qu'ils ne parvenaient pas à s'en inquiéter.

Puis, ils dormirent, après avoir mis de nouvelles bûches dans l'âtre et, au matin, ils étaient complètement remis de leur épreuve dans la tourmente.

Ils se restaurèrent de viande froide, de pâté et de vin.

Tristelune découvrit un pot dans lequel il fit chauffer de l'eau afin qu'ils puissent se laver et se raser et Elric prit dans sa bourse un peu d'onguent pour leurs ampoules.

— J'ai exploré les écuries, dit Tristelune en se rasant, mais je n'ai pas vu le moindre cheval. Pourtant, il y a des signes qui indiquent la présence récente de bêtes.

— Il n'existe qu'un autre moyen de voyager, dit Elric. Il doit y avoir des skis quelque part dans ce château. Dans ces régions, la neige persiste durant la moitié de l'année et nous devrions en trouver quelque part. Avec des skis, nous serons plus vite à Iosaz. Une carte et un aimant nous seraient aussi bien utiles.

Tristelune acquiesça.

— Je vais aller voir dans les étages, dit-il.

Il acheva de se raser, puis rangea la lame dans sa bourse.

— Je vais avec toi, dit Elric en se levant.

Ils parcoururent les pièces désertes sans rien trouver.

— Pas le moindre meuble, dit Elric en fronçant les sourcils. Et pourtant, j'ai le ferme sentiment que ce château est bel et bien habité. Et nous en avons la preuve, également.

Ils explorèrent encore deux étages. Il n'y avait pas une trace de poussière dans les pièces vides qu'ils traversèrent.

— Ma foi, nous devrons bien aller à pied, déclara Tristelune d'un ton résigné. A moins que nous ne trouvions du bois pour confectionner des skis. Je crois bien en avoir aperçu dans les écuries...

Ils avaient atteint un escalier étroit qui montait en colimaçon vers le sommet de la plus haute tour.

— Nous allons encore essayer de voir là-haut, fit Elric. Ensuite, nous devrons admettre notre insuccès.

Ils s'engagèrent donc dans l'escalier et parvinrent devant une porte à demi ouverte. Elric la poussa, puis hésita.

— Qu'y a-t-il ? demanda Tristelune, qui se tenait derrière lui.

— Cette pièce est meublée, dit Elric.

Tristelune grimpa les deux dernières marches et regarda par-dessus l'épaule d'Elric.

— Et il y a quelqu'un !

La pièce était belle. Une pâle lumière filtrait des fenêtres de cristal, elle faisait étinceler les tentures de soies multicolores, les tapis brodés ainsi que les tapisseries dont les couleurs étaient si fraîches qu'elles auraient pu être tissées l'instant d'avant.

Au centre, il y avait un lit, drapé d'hermine, sous un baldaquin tendu de soie blanche.

Et dans ce lit, une jeune femme était étendue.

Noirs et soyeux étaient ses cheveux. Sa robe était de l'écarlate le plus sombre. Sa chair était comme l'ivoire teintée de rose, son visage joli, ses lèvres entrouvertes.

Elle était endormie.

Elric s'avança de deux pas, puis s'arrêta soudain, parcouru d'un frisson. Il se détourna.

Tristelune, alarmé, vit que les larmes brillaient dans les yeux rouges du prince albinos.

— Qu'y a-t-il, Elric mon ami ?

Les lèvres pâles d'Elric s'entrouvrirent, mais il n'émit aucun son. Ce fut plutôt une plainte qui s'éleva de sa gorge.

— Elric...

Tristelune posa la main sur le bras de son compagnon. Elric la repoussa.

Puis, lentement, il se tourna de nouveau vers le lit, comme s'il s'efforçait d'affronter une vision atroce. Le souffle court, il se raidit et porta la main gauche sur le pommeau de son épée-sorcière.

— Tristelune...

Il luttait pour parler. Tristelune regarda la jeune femme endormie sur le lit, puis son regard interrogea Elric. L'avait-il donc reconnue ?

— Tristelune... C'est un sommeil de sorcier...

— Comment pouvez-vous le dire ?

— Il... il est semblable à celui dans lequel mon cousin Yyrkoon plongea ma Cymoril.

— Dieux ! Pensez-vous donc que ?

— Je ne pense rien !

— Mais ce n'est pas...

— Non, ce n'est pas Cymoril, je sais. Je... Elle est comme elle. Tellement comme elle. Mais... ce n'est pas elle.

« C'est seulement que je ne m'attendais pas...

Il baissa la tête. Sa voix se fit plus faible.

— Viens. Partons d'ici.

— Mais le château doit lui appartenir. Si nous l'éveillions, nous pourrions...

— Mais elle ne peut être réveillée par nous. Tristelune, je te l'ai dit... (Elric inspira profondément.) Elle est plongée dans un sommeil enchanté. Avec tous les pouvoirs de la sorcellerie, je n'ai pu arracher Cymoril à son sommeil. Rien ne peut être fait si l'on ne dispose pas d'aides magiques et d'une certaine connaissance du charme utilisé. Je te le dis, Tristelune, il nous faut partir vite.

Il y avait, dans le ton d'Elric, un accent qui fit courir un frisson sur l'échine de Tristelune.

— Mais...

— Alors je pars seul !

Elric quitta la chambre en courant presque. Tristelune entendit résonner l'écho de ses pas dans l'escalier.

Il s'approcha du lit et contempla la jeune femme.

Il effleura sa peau. Elle était étrangement froide. Avec un haussement d'épaules, il s'apprêta à quitter les lieux. Un instant encore, il s'arrêta pour remarquer les boucliers et les armes anciennes accrochés sur le mur, derrière le lit. Des trophées bien étranges pour décorer la chambre d'une jolie femme, songea-t-il. Puis il vit qu'il y avait une table de bois incrusté, contre le mur. Quelque chose y était posé. Il revint alors sur ses pas. Il éprouva un sentiment indicible en découvrant qu'il s'agissait d'une carte. Le château y était clairement indiqué, ainsi que le fleuve Zaphra-Trepek.

Et, sur la carte, était posé un aimant. Il était incrusté dans de l'argent et d'argent également était sa longue chaîne.

D'une main, Tristelune s'empara de la carte, et prit l'aimant de l'autre avant de se ruer hors de la chambre.

— Elric ! Elric !

Il dévala l'escalier et surgit dans le hall. Elric n'était plus là. La porte était béante.

Il se lança sur les traces du prince albinos, hors du château mystérieux.

— Elric !

Elric se retourna. Son visage était de pierre et son regard tourmenté.

Tristelune lui montra la carte et l'aimant.

— Nous voilà sauvés, Elric !

Le Melnibonéen porta son regard sur l'étendue neigeuse et dit : « Ay ! Oui sauvés. »

5

SEIGNEUR CONDAMNÉ QUI SONGE

Deux jours plus tard, ils atteignaient le haut cours du Zaphra-Trepek, en vue des tours de bois délicatement ciselé et des gracieuses maisons à bardeaux de la cité commerçante d'Alorasaz.

Trappeurs et mineurs affluaient à Alorasaz, de même que les marchands venus d'Iosaz, en aval, ou bien d'aussi loin que Trepesaz, sur la côte. C'était une ville joyeuse et animée, avec des rues éclairées et chauffées par de grands braseros rougeoyants installés aux carrefours. Des citadins avaient reçu mission de les entretenir afin qu'ils fussent aussi brûlants que brillants. Enveloppés dans d'épais vêtements de laine, ils saluèrent Elric et Tristelune de la main à leur entrée dans la cité.

En dépit des provisions de viande et de vin que Tristelune avait pensé à emporter du château, les deux compagnons se ressentaient de leur longue marche à travers la steppe. Ils se frayèrent un chemin dans la foule turbulente — femmes aux joues rouges qui riaient à gorge déployée, grands gaillards couverts de fourrure dont l'haleine se mêlait à la fumée qui montait des braseros, buvant à même leurs gourdes de bière, leurs flasques de vin tout en passant des marchés avec les marchands à peine moins frustes venus des cités plus civilisées.

Elric était en quête d'informations, et il savait fort

bien qu'il ne pouvait les obtenir que dans les tavernes. Il attendit pendant que Tristelune flairait le chemin de la meilleure des auberges de la ville.

Ils n'eurent que peu de chemin à faire avant de pénétrer dans une taverne à l'ambiance tapageuse où négociants et marchands se pressaient sur des bancs, autour de tables massives, brandissant des peaux pour vanter leur qualité ou nier leur valeur dans un concert de vociférations joyeuses.

Tristelune abandonna Elric sur le seuil et entama le dialogue avec le tenancier, un gros homme à la trogne rubiconde.

Elric le vit se pencher pour prêter l'oreille aux propos de Tristelune. Il acquiesça et leva le bras pour faire signe à Elric de venir se joindre à eux.

Elric s'avança dans la cohue et il faillit être renversé par un négociant gesticulant. Ce dernier se perdit en excuses chaleureuses et se proposa pour lui offrir un verre.

— Non, ce n'est rien, marmonna Elric.

L'homme se leva.

— Mais non, monsieur, c'était de ma faute...

Puis il vit le visage de l'albinos et ses paroles s'éteignirent. Il se rassit avec un vague murmure et adressa une remarque sourde à l'un de ses compagnons de table.

Elric suivit le tenancier et Tristelune. Ils grimpèrent un escalier branlant, suivirent une galerie et entrèrent dans une chambre qui était, selon le propriétaire, tout ce qui restait de libre.

— Pendant le marché d'hiver, de telles chambres sont très coûteuses, leur dit-il d'un ton d'excuse.

Tandis que Tristelune lui adressait un clin d'œil, en silence, Elric tendit à l'homme un rubis qui valait une petite fortune.

L'aubergiste l'inspecta soigneusement avant de partir d'un grand rire.

— Je vous remercie, mon maître. Cette auberge sera tombée en poussière que votre crédit ne sera point épuisé. Le commerce doit être fructueux, cette saison !

Je vais vous faire apporter de la viande et de la boisson sur l'heure !

— Les meilleures, aubergiste, dit Tristelune en essayant de tirer un bon parti de la situation.

— Ay ! J'aimerais en avoir de meilleures encore !

Elric s'assit sur l'un des lits et ôta sa cape et sa ceinture. Le froid n'avait pas quitté ses os.

— J'aimerais que vous me confiez votre fortune, déclara Tristelune en ôtant ses bottes près du feu. Nous pourrions en avoir besoin avant le terme de notre quête.

Mais Elric ne parut pas l'entendre.

Après qu'ils eurent mangé et appris de la bouche de l'aubergiste qu'un vaisseau quittait la ville le surlendemain à destination d'Iosaz, Elric et Tristelune se mirent au lit.

Elric eut des songes troublés. Cette nuit-là, les fantômes furent encore plus nombreux qu'à l'accoutumée à errer dans les corridors de son esprit.

Il vit Cymoril. Elle hurlait tandis que l'Epée Noire buvait son âme. Il vit Imrryr en flammes, ses tours réduites en cendres. Il vit son cousin Yyrkoon se vautrant sur le Trône de Rubis. Et d'autres choses encore, qui pouvaient appartenir à son passé.

Il n'avait jamais été vraiment fait pour régner sur le peuple cruel de Melniboné, et il avait erré entre les terres des hommes pour découvrir qu'il n'y avait aucune place non plus. Et pendant ce temps Yyrkoon avait usurpé son pouvoir, avait essayé par la force d'obliger Cymoril à être sienne, puis, devant son refus, l'avait plongée dans un profond sommeil de sorcier dont seul il pouvait l'arracher.

Et voici qu'Elric rêvait qu'il avait découvert un Nanorion, la gemme mythique qui pouvait éveiller les morts eux-mêmes. Il rêvait que Cymoril vivait encore, qu'elle dormait, et qu'il venait de poser le Nanorion sur son front. Elle se réveillait, l'embrassait et elle quittait Imrryr avec lui. Ils volaient à travers les cieux sur Crocs-de-Flammes, le grand dragon de bataille de Melniboné, jusqu'à un château tranquille caché dans la neige.

Elric s'éveilla soudain.

C'était le cœur de la nuit.

Les échos de la taverne s'étaient presque tus.

Il ouvrit les yeux et vit que Tristelune dormait profondément dans le lit voisin.

Il essaya de retrouver le sommeil, mais c'était impossible. Il était certain de sentir une autre présence dans la chambre. Il tendit la main et saisit la poignée de Stormbringer, prêt à parer à tout assaut. Peut-être des voleurs avaient-ils eu vent de sa générosité à l'égard de l'aubergiste ?

Quelque chose bougea dans l'ombre et, à nouveau, il ouvrit les yeux.

Elle se tenait là, ses longs cheveux tombant sur ses épaules, avec la même robe écarlate qui moulait son corps. Il y avait de l'ironie dans le sourire qui flottait sur ses lèvres et son regard était calme.

C'était la femme qu'il avait vue dans le château. La femme qui dormait. Etait-elle dans son rêve ?

— Pardonnez-moi de m'introduire de la sorte dans votre vie et votre repos, mon seigneur, mais ma démarche est urgente et je ne dispose que de peu de temps.

Elric vit que Tristelune continuait de dormir comme s'il avait été drogué.

Il s'assit dans son lit. Tristelune gémit vaguement.

— Vous semblez me connaître, ma dame, mais je ne sais...

— On me nomme Myshella...

— L'Impératrice de l'Aube ?

Elle sourit à nouveau.

— Certains m'appellent ainsi. Et d'autres me donnent le nom de Dame Sombre de Kaneloon.

— Celle qu'aima Aubec ? Ma foi, vous avez dû prendre grand soin de préserver votre jeunesse, Dame Myshella.

— Je n'ai rien fait. Il est possible que je sois immortelle. Je l'ignore. Je sais une chose, cependant, c'est que le Temps est un mensonge.

— Pourquoi êtes-vous venue ?

— Je ne puis rester longtemps. Je suis venue demander votre aide.

— En quelle façon ?

— Je pense que nous avons un ennemi commun.

— Theleb K'aarna ?

— Lui-même.

— Est-ce lui qui a prononcé l'enchantement qui vous a plongé dans le sommeil ?

— Ay.

— Et il a lancé les Oonai contre moi. Voilà pourquoi... Myshella leva la main.

— C'est moi qui ai envoyé les chimères afin qu'elles vous ramènent. Elles ne devaient vous faire aucun mal. C'était la seule chose que je pouvais faire, car le sortilège de Theleb K'aarna faisait déjà son effet. J'ai lutté contre sa sorcellerie, mais il est puissant et je ne puis m'éveiller que pour de brefs instants. Comme celui-ci. Theleb K'aarna a uni ses forces à celles du Prince Umbda, Seigneur des Milices de Kelmain. Leur plan est de conquérir Lormyr et, plus tard, tout le monde du Sud !

— Qui est cet Umbda ? Je n'ai jamais entendu parler de lui pas plus que des Milices Kelmain. Peut-être est-ce un noble d'Iosaz qui...

— Le Prince Umbda sert le Chaos. Il vient des régions par-delà le Bord du Monde et les Kelmain n'ont rien d'hommes, quoi qu'ils en aient l'apparence.

— Ainsi donc, Theleb K'aarna se trouvait loin dans le sud.

— C'est la raison pour laquelle je suis venu à vous cette nuit.

— Vous souhaitez mon aide ?

— Nous avons besoin, vous et moi, que Theleb K'aarna soit détruit. Sa sorcellerie a permis au Prince Umbda de franchir le Bord du Monde. Elle est maintenant plus forte encore depuis qu'Umbda lui a apporté la fraternité du Chaos. Je protège Lormyr et je sers la Loi. Je n'ignore pas que vous êtes un serviteur du Chaos, mais j'espère pourtant que la haine que vous avez vouée à Theleb K'aarna surpassera votre loyauté en la circonstance.

— Le Chaos ne m'a pas servi, récemment, ma dame, ainsi puis-je oublier cette loyauté. Je me vengerai de Theleb K'aarna et si, dans cette affaire, nous pouvons nous entraider, ce n'en sera que mieux.

— Bien.

Elle étouffa un cri et l'éclat de ses yeux se ternit. Elle fit un effort pour former ses mots.

— L'emprise de l'enchantement se resserre. Une monture vous attend près de la porte nord de la cité. Elle vous emmènera jusqu'à une île de la Mer Bouillante. Là, vous trouverez un palais appelé Ashaneloon. J'y ai résidé jusqu'à une date récente, avant de percevoir le danger qui pèse sur Lomryr...

Elle porte la main à ses yeux et vacilla.

« ... Mais Theleb K'aarna s'attendait à ce que je revienne là-bas et il a placé un gardien à la porte du palais. Il faut le détruire. Lorsque ce sera chose faite, vous devez vous rendre...

Elric se leva pour la soutenir, mais elle le repoussa d'un geste.

« ...jusque dans la tour d'orient. Dans la plus basse chambre, il y a un coffre. Dans ce coffre, vous trouverez une grande bourse d'étoffe d'or. Vous la prendrez et... vous la ramènerez à Kaneloon, car Umbda et ses Kelmain marchent déjà sur le château. Ils appuieront Theleb K'aarna pour le détruire — et me détruire moi aussi. Avec la bourse, je pourrai me défendre. Mais priez pour que je me réveille, car le Sud est condamné et vous-même ne pourrez vous dresser contre la puissance brandie par Theleb K'aarna.

— Mais Tristelune ? demanda alors Elric en jetant un regard sur son compagnon endormi. Peut-il m'accompagner ?

— Il vaut mieux pas. De plus, il est le jouet d'un enchantement léger. Nous n'avons pas le temps de l'éveiller.

Une fois encore, avec un hoquet de souffrance, elle porta les mains à son front.

« Pas le temps... »

Elric se leva d'un bond et enfila ses chausses. Il saisit sa cape qu'il avait jetée sur un tabouret, puis ceignit son épée runique. Lorsqu'il offrit son aide à Myshella, elle le repoussa de nouveau.

— Non... Partez, je vous en prie...

Elle disparut alors.

L'esprit encore à demi assoupi, Elric ouvrit la porte de la chambre et dévala l'escalier. Il se rua dans la nuit, courant vers la porte nord d'Alorosaz. Il s'avança dans la neige, fouillant l'ombre du regard. Le froid le recouvrit soudain comme une chape. Bientôt, la neige lui arriva aux genoux. Il finit par revenir sur ses propres traces.

Il eut une exclamation d'étonnement en découvrant soudain la monture promise par Myshella.

— Quoi ? Une autre chimère ?

Il s'en approcha avec précaution.

6

OISEAU DE JOYAU QUI PARLE

C'ETAIT un oiseau, mais il n'était pas de chair de sang.

C'était un oiseau d'argent, d'or et d'airain. Comme Elric s'en approchait, il claqua des ailes et ses serres énormes fouaillèrent impatiemment la neige tandis qu'il portait sur le Melnibonéen le regard glacé de ses yeux d'émeraude.

Il portait sur le dos une selle creusée dans l'onyx, incrustée d'or et de cuivre. Cette selle était vide et l'attendait.

« J'ai commencé sans poser de questions, se dit Elric. Je peux aussi bien achever de même. »

Il s'approcha de l'oiseau et escalada son flanc jusqu'à la selle et s'installa avec précaution.

Alors, les ailes d'or et d'argent battirent l'air avec le bruit de cent cymbales déchaînées et, en trois mouvements, l'oiseau de métal et son cavalier furent loin au-dessus d'Alorosaz, dans le ciel de nuit. La tête scintillante de l'oiseau pivota sur son cou d'airain et il ouvrit son bec d'acier incrusté de gemmes.

— Maître, j'ai ordre de vous conduire jusqu'à Ashaneloon.

Elric leva une main pâle.

— Où tu voudras. Je suis à ta merci, ainsi qu'à celle de ta maîtresse.

Il fut rejeté sur l'arrière de la selle comme les ailes de

l'oiseau battaient plus fort et qu'il prenait de la vitesse, perçant la nuit froide, loin au-dessus des plaines enneigées, des montagnes et des fleuves, jusqu'à ce que le littoral apparaisse et qu'Elric aperçoive la mer occidentale que l'on appelait la Mer Bouillante.

L'oiseau d'argent et d'or plongea alors dans des ténèbres d'encre et Elric sentit qu'une chaleur poisseuse recouvrait son visage et ses mains, il entendit un bruit de bouillonnement et il sut qu'ils survolaient cette mer étrange dont on disait qu'elle était nourrie par des volcans qui se déchaînaient loin sous la surface, cette mer où jamais nul vaisseau ne s'était risqué.

Ils étaient maintenant dans des nuages de vapeur. La chaleur était presque intolérable. Elric, cependant, commençait à discerner les contours d'une île rocheuse sur laquelle était érigé une construction unique aux tours élancées, parée de dômes et de tourelles.

— Le palais d'Ashaneloon, dit l'oiseau d'argent et d'or. Je me poserai sur les remparts, maître, mais je redoute cette chose que vous avez à rencontrer avant le terme de votre errance, aussi vous attendrai-je ailleurs. Puis, si vous vivez, je reviendrai vous prendre pour vous conduire jusqu'à Kaneloon. Si vous devez périr, j'irai rapporter votre échec à ma maîtresse.

Maintenant, l'oiseau volait au-dessus des remparts sans ralentir le battement de ses ailes et Elric songea qu'il ne pouvait espérer l'avantage de la surprise, quel que soit l'adversaire que l'oiseau redoutait tant.

Il lança une jambe par-dessus la selle, s'interrompit un instant, puis sauta sur la terrasse.

L'oiseau regagna précipitamment le ciel obscur.

Elric, maintenant, était seul.

Le palais était plongé dans le silence. Il n'y avait que le bruit du ressac des vagues chaudes sur la grève lointaine.

Il repéra la tour d'orient et se dirigea vers la porte. Il avait peut-être quelque chance de réussir sa quête sans avoir à affronter le gardien.

Mais un grondement monstrueux s'éleva derrière lui et il se retourna avec la certitude que c'était le gardien.

Il vit une créature dont les yeux cernés de rouge étaient emplis d'une malveillance insensée.

— Ainsi tu es l'esclave de Theleb K'aarna, dit Elric.

Il tendit la main vers la poignée de Stormbringer et l'épée runique vint se loger dans sa paume de sa propre volonté.

— Vas-tu t'effacer ? demanda Elric, ou dois-je te tuer ?

La créature gronda à nouveau, mais ne fit pas un mouvement.

— Je suis Elric de Melniboné, dit l'albinos, dernier d'une lignée de grands rois sorciers. Cette épée que je brandis fera plus que de te tuer, mon ami démon. Elle boira ton âme et je m'en nourrirai. Peut-être as-tu entendu parler de moi sous un autre nom ? Celui de Voleur d'Ames ?

La créature fouetta l'air de sa queue dentelée et ses narines bovines se dilatèrent. La tête cornue oscilla sur son petit cou et ses grandes dents brillèrent dans l'ombre. Elle lança en avant ses griffes écailleuses et marcha sur le Prince des Ruines.

Elric prit son épée runique à deux mains et se tint les jambes écartés, prêt à l'assaut du monstre. Son haleine pestilentielle lui arriva en plein visage. Avec un dernier grondement, il fondit sur lui.

Stormbringer hurla et répandit un rayonnement de noirceur. Les runes gravées dans la lame émirent un éclat avide à l'instant où la chose de l'Enfer frappa Elric de ses griffes, déchirant sa chemise et lui mettant la poitrine à nu.

L'épée s'abattit.

Le démon rugit lorsque la lame frappa son épaule écailleuse sans l'entamer. Il dansa d'une patte sur l'autre et attaqua à nouveau. Elric se déroba, mais son bras était maintenant lacéré du coude au poignet.

Une fois encore, Stormbringer frappa. Touché au museau, le démon poussa un cri aigu et ses griffes vinrent cingler la chair de l'albinos. Le sang perla d'une blessure au torse.

Elric perdit pied. Il faillit tomber, mais retrouva au dernier instant son équilibre et se défendit de son mieux. Les griffes tentèrent une fois encore de le happer, mais Stormbringer les repoussa.

Elric était maintenant haletant, le visage luisant de sueur. Le désespoir s'insinua en lui, puis, très vite, il changea de nature jusqu'à ce que son regard devienne ardent et que ses lèvres se retroussent cruellement.

— Sache que je suis Elric ! hurla-t-il. Elric !

La créature attaquait.

« Je suis Elric — plus démon qu'homme ! Hors d'ici, chose maudite ! »

Avec un grondement, le démon frappa, et cette fois Elric ne battit pas en retraite. Le visage déformé par une rage terrible, il changea sa garde et la lame runique frappa d'estoc la gorge offerte.

L'Epée Noire plongea dans les profondeurs puantes, droit dans la poitrine.

Elric tordit la lame afin qu'elle découpe tout à la fois la gueule, le cou, le torse et le ventre. Et la vie de la créature commença à s'écouler dans l'épée runique. Les griffes le cherchèrent encore, mais le démon était affaibli.

Et puis, la force vitale passa de l'épée à Elric et, avec un cri de sombre extase, il sentit l'énergie du démon se déverser en lui. Il dégagea sa lame pour se remettre à tailler frénétiquement le corps du démon, et toujours le flux de vie coulait en lui et chaque nouveau coup lui apportait une force nouvelle. Avec une plainte, la créature s'effondra sur les dalles.

Et c'en fut fini d'elle.

Et un démon au visage blême demeura seul dressé sur la chose morte venue de l'Enfer, et ses yeux rouges étaient ardents, et lorsque sa bouche pâle s'ouvrit, ce fut pour un rire sauvage, tandis qu'il levait les bras et que l'épée runique lançait un flamboiement noirâtre et affreux et hurlait un chant informe et triomphant aux Seigneurs du Chaos.

Soudain, le silence revint.

Le prince courba la tête et pleura.

Elric ouvrit la porte de la tour d'orient et erra dans une totale obscurité jusqu'au moment où il atteignit la plus basse salle. La porte en était verrouillée et barrée, mais Stormbringer en vint à bout et le Dernier Roi de Melniboné pénétra dans une pièce éclairée où se trouvait un coffre de fer.

De l'épée, il trancha les rubans, ouvrit le couvercle et vit que le coffre recelait bien des merveilles avec la bourse d'étoffe d'or, mais il ne prit que la bourse. Il la glissa dans sa ceinture en quittant la pièce et regagna les remparts où il trouva l'oiseau d'argent et d'or qui l'attendait tout en picorant de son bec d'acier les restes du serviteur de Theleb K'aarna.

Il regarda Elric et il avait presque une expression amusée dans ses yeux d'émeraude.

— Eh bien, maître, il nous faut nous hâter vers Kaneloon.

— Ay !

La nausée gagnait Elric. Les yeux glauques, il contempla le corps et songea à ce qu'il en avait tiré. Une force vitale comme celle-ci quelle qu'elle fût, ne pouvait être que corrompue. Lorsque son épée avait bu l'âme du démon, n'avait-il pas, lui aussi, bu un peu de son mal ?

Il s'apprêtait à reprendre place sur la selle d'onyx quand il vit briller quelque chose parmi les entrailles noires et jaunes qu'il avait répandues. C'était le cœur du démon. Une pierre de forme irrégulière, bleue, verte et violette. Elle battait encore, même après la mort de son possesseur.

Il s'arrêta et la ramassa. Elle était humide et si chaude qu'il en eut presque la main brûlée. Mais il la mit dans sa bourse et monta sur l'oiseau de métal.

Tandis que la monture magique l'emportait à nouveau au-dessus de la Mer Bouillante, des émotions diverses et étranges purent se lire sur son visage d'une mortelle blancheur. Ses longs cheveux de neige flottaient derrière lui et, dans le vent de la course, il oubliait les blessures infligées par le démon.

Il pensait à d'autres choses. Son esprit se portait tour à tour vers le passé et vers l'avenir. Par deux fois, il eut un rire amer, des larmes coulèrent de ses yeux, et il dit : « Ah ! Quelle souffrance que la Vie ! »

7

SORCIER NOIR QUI RIT

A la première lueur de l'aube, ils approchaient de Kaneloon et, dans le lointain, Elric distingua une armée immense qui faisait une tache sombre sur la neige et il sut que ce ne pouvait être que les Milices de Kelmain, conduites par Theleb K'aarna et le Prince Umbda, marchant sur le château solitaire.

L'oiseau d'argent et d'or, d'un dernier coup d'aile, se posa dans la neige à proximité de la porte et Elric sauta de selle. Lors l'oiseau remonta vers le ciel et disparut.

La grande porte de Kaneloon était close, cette fois, et Elric, rabattant sa cape déchirée sur son torse dénudé, se mit à tambouriner des poings. Il fit appel à toutes ses forces pour qu'un cri franchisse ses lèvres desséchées.

— Myshella ! Myshella !

Il n'y eut pas de réponse.

« Myshella ! Je reviens avec ce dont vous aviez besoin !

Il craignait qu'elle ne fût retombée dans son sommeil enchanté. Regardant vers le sud, il vit que la vague noire s'était encore un peu plus approchée du château.

« Myshella ! »

Il entendit alors le bruit de la barre que l'on ôtait. Les portes s'ouvrirent en gémissant et Elric vit devant lui Tristelune, le visage défait, avec dans le regard quelque chose d'indicible.

— Tristelune ! Comment es-tu venu ici ?

— Je ne sais pas comment, Elric.

Tristelune s'effaça pour le laisser entrer, puis remit la barre en place.

« J'étais dans mon lit, la nuit dernière, quand une femme m'est apparue — celle-là même qui dormait ici. Elle m'a dit que je devais la suivre. Et je l'ai suivie. Mais j'ignore comment, Elric. J'ignore comment.

— Et où est cette femme ?

— Là où nous l'avions découverte. Elle dort et je ne parviens pas à l'éveiller.

Elric prit alors une profonde inspiration, puis rapporta ce qu'il savait de Myshella et de ceux qui marchaient sur le Château Kaneloon.

— Mais savez-vous ce que contient cette bourse ? demanda Tristelune.

Elric secoua la tête et ouvrit la bourse.

— Ce n'est rien d'autre que de la poussière rosâtre, apparemment, dit-il, mais il se peut que son pouvoir sorcier soit si grand si Myshella croit vraiment qu'elle peut venir à bout des Milices de Kelmain.

Tristelune fronça les sourcils.

— Mais si Myshella est seule à connaître le charme, il faut bien que ce soit elle qui l'utilise ?

— Ay !

— Et Theleb K'aarna l'a ensorcelée.

— Ay !

— Et à présent il est trop tard, car Umbda — quel qu'il soit — est près du château...

— Ay !

La main d'Elric trembla comme il prenait dans sa ceinture la chose qu'il avait trouvée dans les restes du démon avant de quitter Ashaneloon.

« A moins, dit-il, que ceci ne soit la pierre que je pense. »

— Qu'est-ce donc ?

— Je sais une légende. Certains démons ont cette pierre en guise de cœur.

Il l'éleva dans la lumière pour faire jouer les tonalités de verts, de bleus et de violets.

« Je n'en ai encore jamais vue, mais je crois que c'est la chose que j'ai cherchée jadis pour ôter l'enchantement que mon cousin avait jeté sur Cymoril. Ce que j'ai cherché alors sans jamais le trouver était un Nanorion. Une pierre dont on dit que les pouvoirs magiques peuvent ramener les morts à la vie — tout comme ceux qui sont plongés dans un sommeil pareil à la mort.

— Et ceci est un Nanorion qui réveillera Myshella ?

— Si quelque chose peut faire cela, c'est bien ce que j'ai pris au démon de Theleb K'aarna, car le cœur de pierre devrait renforcer l'efficacité de la magie. Viens.

Elric traversa le hall et s'engagea dans l'escalier. En pénétrant dans la chambre de Myshella, il vit qu'elle était là où il l'avait vue la première fois, sous le baldaquin drapé d'étoffes, avec les boucliers et les armes derrière elle.

— Maintenant, je comprends pourquoi ces armes décorent sa chambre, dit Tristelune. Selon la légende, ces boucliers et ces épées ont appartenu à tous ceux qui ont aimé Myshella et sont devenus les champions de sa cause.

Elric hocha la tête et dit, comme pour lui-même : « Ay ! Si jamais Melniboné eut une ennemie, ce fut bien l'Impératrice de l'Aube. »

Il prit la pierre palpitante et, délicatement, la posa sur le front de Myshella.

— Cela n'a rien fait, dit Tristelune après un instant. Elle ne bouge pas.

— Il existe une rune mais elle ne me revient pas...

Elric pressa les doigts contre ses tempes.

« Elle ne me revient pas... »

Tristelune s'approcha de la fenêtre.

— Nous pourrions peut-être demander à Theleb K'aarna, dit-il ironiquement. Il sera bientôt là.

Puis il vit qu'il y avait à nouveau des larmes dans les yeux de son compagnon et qu'il se détournait pour les lui cacher. Tristelune s'éclaircit la gorge.

— Une tâche m'appelle en bas. Appelez-moi si vous deviez avoir besoin de mon aide.

Il quitta la chambre en refermant la porte derrière lui et Elric demeura seul avec cette femme qui ressemblait de plus en plus, à un fantôme terrifiant surgi de ses rêves les plus affreux.

Il essaya de dompter la fièvre qui agitait son esprit et de retrouver les runes cruciales du Haut Langage de l'Ancienne Melniboné.

— Dieux ! siffla-t-elle. Aidez-moi !

Mais il savait que, dans cette occurrence particulière, les Seigneurs du Chaos ne sauraient l'aider, et qu'ils pourraient bien le contrer s'ils le pouvaient, car Myshella était l'un des principaux instruments de la Loi sur la Terre et c'était par elle que le monde avait gagné des territoires sur le Chaos.

Elric tomba alors à genoux près du lit de l'Impératrice de l'Aube, les mains nouées, le visage déformé par l'effort de son esprit.

Et brusquement, la rune lui revint. La tête courbée, il lança la main droite en avant vers la pierre palpitante, tandis que sa main gauche venait se poser sur le nombril de Myshella. Il entama alors une incantation dans une langue ancienne qui avait été parlée bien avant que les hommes vrais ne foulent la Terre...

— Elric !

Tristelune se rua dans la chambre et l'albinos fut arraché à sa transe.

— Elric ! Nous sommes envahis ! Leur cavalerie avancée...

— Quoi ?

— Ils ont pénétré dans le château. Une dizaine. Je les ai repoussés et barré le chemin de la tour, mais ils s'attaquent à la porte. Je crois qu'ils ont été envoyés pour détruire Myshella et qu'ils ont été surpris de me trouver en face d'eux.

Elric se redressa et examina attentivement Myshella. Il avait achevé la rune et l'avait presque répétée une seconde fois à l'entrée de Tristelune. Mais Myshella ne bougeait toujours pas.

— Theleb K'aarna a lancé son enchantement de loin, dit Tristelune. Il était sûr que Myshella ne lui résisterait pas. Mais il n'a pas compté avec nous.

Ils se ruèrent hors de la chambre et dévalèrent les marches. Tout en bas, la porte était déformée, elle commençait à craquer sous les coups des épées des assaillants.

— En arrière, Tristelune !

Elric tira son épée runique, la brandit au-dessus de sa tête, puis l'abattit sur la porte.

Le bois fut tranché, en même temps que deux têtes à la forme bizarre.

Le reste des attaquants se replia avec des cris de surprise et de terreur, devant le prince-démon au visage pâle dont l'épée gigantesque buvait les âmes dans un ululement étrange et mélodieux.

Elric les poursuivit jusqu'au bas des marches, jusque dans le hall où ils se regroupèrent pour tenter d'affronter cette créature démoniaque dont l'épée avait été forgée en enfer.

Et Elric se mit à rire.

Et ils frémirent.

Et les épées tremblèrent dans leurs mains.

— Ainsi donc, vous êtes les puissants Kelmain, railla l'albinos. Pas étonnant que vous ayez besoin du secours de la sorcellerie si vous êtes si lâches. N'avez-vous pas entendu parler, par-delà le Bord du Monde, d'Elric l'Assassin de sa Race ?

Mais il était évident que les Kelmain ne comprenaient pas ses paroles, ce qui était étrange car il s'était exprimé dans la Langue Commune, connue de tous les hommes de la Terre.

Ces êtres avaient la peau dorée et leurs orbites étaient presque carrées. Leurs visages semblaient avoir été taillés dans le roc, tout en angles et en méplats. Ils portaient des armures qui n'étaient pas arrondies mais bien au contraire anguleuses.

Elric révéla ses dents en un sourire féroce et les Kelmain se rapprochèrent un peu plus les uns des autres.

Puis il hurla dans un rire atroce et Tristelune, se retirant d'un pas, refusa de regarder ce qui advenait.

L'épée runique dansait et des têtes et des membres volaient. Le sang jaillissait et la grande lame buvait des âmes.

L'ultime expression, sur les visages des Kelmain

morts, révélait qu'ils avaient compris leur abominable destin avant que la vie ne se retire d'eux.

Et toujours Stormbringer buvait, car l'épée de l'enfer était toujours assoiffée.

Et Elric sentit couler dans ses faibles veines une énergie plus grande encore que celle qu'il avait tirée du démon de Theleb K'aarna.

Le hall fut secoué par les échos de l'allégresse démente d'Elric tandis que, foulant les corps empilés, il s'approchait de la porte devant laquelle attendait la grande armée de Kelmain.

Et il cria un nom :

« Theleb K'aarna ! Theleb K'aarna ! »

Tristelune se rua derrière lui, pour tenter de l'arrêter, mais Elric ne l'entendit point. Il s'avançait sur la neige et son épée laissait derrière elle une trace rouge.

Sous le soleil froid, les Milices de Kelmain s'approchaient du château appelé Kaneloon et Elric venait à leur rencontre.

En tête, sur des destriers élancés, venaient le sorcier de Pan Tang au sombre visage, drapé dans une robe qui flottait au vent, et à ses côtés le Prince des Milices de Kelmain, Umbda, à la splendide armure, des plumes bizarres dansant sur son cimier, un sourire triomphant sur ses traits étrangers et anguleux.

A leur suite venaient les Milices, traînant des engins de guerre aux formes insolites, à l'aspect puissant, très certainement supérieurs à ceux que Lormyr pouvait aligner en face de la formidable armée.

Dès qu'il aperçut la silhouette solitaire qui venait de quitter le château Kaneloon pour courir vers eux, Theleb K'aarna leva la main pour faire arrêter l'armée, tira la bride de son cheval et rit.

— Eh bien, ne dirait-on pas le chacal de Melniboné, par tous les Dieux du Chaos ! Il reconnaît enfin son maître et vient se livrer à moi !

Comme Elric s'approchait, le sorcier partit d'un grand rire et l'interpella :

— Par ici, Elric ! Viens t'agenouiller devant moi !

Mais le Melnibonéen ne parut pas avoir entendu les

paroles du sorcier de Pan Tang. Il ne ralentit pas sa marche.

Le Prince Umbda eut un regard troublé et fit une réflexion dans un langage bizarre. Theleb K'aarna lui répondit d'un air hautain.

Et l'albinos s'avançait toujours dans la neige, droit sur la vaste armée de Kelmain.

— Par Vhardros, Elric, arrête ! cria Theleb K'aarna dont la monture piaffait nerveusement. Si tu es venu parlementer, tu es un idiot. Kaneloon et sa maîtresse doivent être abattus avant que Lormyr ne tombe entre nos mains. Et Lormyr ne saurait nous échapper, sois-en certain !

Elric s'arrêta alors et lorsque le regard ardent de ses yeux rencontra celui du sorcier, un sourire froid erra sur ses lèvres pâles.

Theleb K'aarna ne put soutenir ce regard et, quand il reprit la parole, sa voix tremblait.

— Tu ne peux venir à bout de toutes les Milices de Kelmain !

— Je ne le souhaite pas, conjurateur. Ta vie est tout ce que je désire !

Les traits du sorcier se déformèrent de rage.

— Eh bien tu ne l'auras pas ! Hai ! Hommes de Kelmain, emparez-vous de lui !

Il fit faire demi-tour à sa monture et rentra dans les rangs des guerriers en lançant ses ordres dans leur langue.

Une autre silhouette surgit du château et se précipita vers Elric.

C'était Tristelune d'Elwher, brandissant une épée dans chaque main.

Elric se tourna à demi.

— Elric, nous mourrons ensemble !
— Reste en arrière, Tristelune !

Son compagnon hésita.

— Reste en arrière, répéta Elric, si tu m'aimes !

A regret, Tristelune retourna vers le château.

Les cavaliers Kelmain chargèrent, levant leurs épées droites à lame large, et entourèrent instantanément le prince albinos.

Ils le menacèrent de leurs armes, espérant qu'il jette son épée et se laisse capturer. Mais Elric leur sourit.

Et Stormbringer se mit à chanter. Elric en tenait la poignée à deux mains, un instant il courba les épaules, puis il la brandit droit devant lui.

Il se mit à tourbillonner comme un danseur Tarkeshite, de plus en plus vite, comme si l'épée l'emportait avec elle tandis qu'elle taillait, tranchait, décapitait les cavaliers Kelmain.

Un instant, ils battirent en retraite, abandonnant leurs camarades morts, épars, autour de l'albinos. Puis le Prince Umbda, après un bref entretien avec Theleb K'aarna, leur ordonna de repartir à l'assaut.

Et Elric lança une fois encore son épée, mais les Kelmain ne furent pas aussi nombreux à périr, cette fois-ci.

Les corps en armure s'effondraient les uns sur les autres, les sangs se mélangeaient et les chevaux traînaient dans la neige rouge les cadavres pris dans les étriers.

Elric n'était toujours pas tombé, mais quelque chose se passait en lui.

L'idée se fit jour, dans son esprit ivre de tuerie que, pour quelque raison, la lame runique était repue.

L'énergie vibrait encore dans le métal mais rien ne coulait plus dans les veines de l'albinos. Et son énergie volée semblait diminuer.

— Maudite sois-tu, Stormbringer ! Donne-moi ta force !

Les épées pleuvaient sur lui et sans cesse il parait, frappait, taillait.

— Ta force !

Sa puissance, bien sûr, était encore plus grande que la normale et dépassait celle de tout mortel ordinaire, mais la fureur semblait l'abandonner et, comme de nouveaux guerriers Kelmain s'approchaient, il ressentit presque de l'inquiétude.

Il s'éveillait de son rêve ensanglanté.

Il secoua la tête et respira profondément plusieurs fois. Son dos était douloureux.

— Epée Noire, donne-moi leur force !

Il frappa des visages, des bras, des poitrines et des jambes jusqu'à être couvert du sang de ses assaillants.

— Qu'as-tu donc, épée runique ? Refuserais-tu de m'aider ? Tu ne peux pas combattre ces choses parce que, ainsi que toi, elles viennent du Chaos ?

Non, ce ne pouvait être cela. Il se passait simplement que l'épée n'avait plus soif de vitalité et qu'elle n'en apportait plus à Elric.

Il combattit encore une heure avant que sa garde ne se relâche. Un cavalier, à demi fou de terreur, lui porta un coup à la tête qui ne lui fendit pas le crâne mais l'étourdit à tel point qu'il tomba entre les corps mutilés, voulut se relever, fut frappé une deuxième fois et perdit conscience.

8

UNE GRANDE ARMÉE CRIE

— C'EST plus que je n'espérais, murmura Theleb K'aarna d'un air satisfait. Nous l'avons pris vivant !

Elric ouvrit les yeux et regarda avec haine le sorcier qui caressait sa barbe noire taillée en fourche comme s'il essayait de se rassurer.

Elric n'avait qu'un vague souvenir des événements qui l'avaient conduit ici, à la merci du sorcier de Pan Tang. Il se souvenait de flots de sang, de rires, de mort, mais tout cela semblait appartenir à un songe.

— Eh bien, renégat, quelle incroyable folie. J'ai cru que tu avais une armée derrière toi. Mais il ne fait aucun doute que la peur ait déséquilibré ton pauvre esprit. Pourtant, je ne me perdrai pas en questions sur la cause de cette bonne fortune. Je peux conclure plus d'un marché avec les hôtes des autres plans si je leur offre ton âme. Quant à ton corps, je le garderai pour moi — afin de le montrer à la reine Yishana pour qu'elle voie ce que j'ai fait de son amant avant qu'il ne meure.

Elric eut un rire bref, le regard perdu, ignorant Theleb K'aarna.

Les Kelmains attendaient les ordres. Ils n'avaient pas encore investi Kaneloon. Le soleil était maintenant bas sur l'horizon. Elric vit les tas de cadavres autour de lui. Il lut la haine et la peur dans les visages dorés des Miliciens de Kelmain et il sourit une fois encore.

— Je n'aime pas Yishana, dit-il enfin d'un ton lointain, comme s'il n'avait que vaguement conscience de la présence de Theleb K'aarna. C'est ton cœur jaloux qui t'a fait croire cela. J'ai quitté Yishana pour te retrouver. Ce n'est jamais l'amour qui conduit les pas d'Elric de Melniboné, sorcier, mais la haine seule.

— Je ne te crois pas, dit Theleb K'aarna avec un petit rire. Quand tout le Sud nous appartiendra, à moi et à mes camarades, alors je courtiserai Yishana et je lui offrirai d'être la Reine de tout l'Ouest et de tout le Sud. Nos forces unies, nous dominerons la Terre !

— Vous autres Pan Tangiens, vous avez toujours été une race instable, jamais vous n'avez cessé de viser la conquête, de chercher à détruire l'équilibre des Jeunes Royaumes.

— Un jour, grinça Theleb K'aarna, Pan Tang sera si puissant que ton Glorieux Empire paraîtra un simple brandon perdu dans le brasier de l'histoire. Mais ce n'est pas pour la gloire de Pan Tang que je fais cela.

— Est-ce donc pour Yishana ? Par les dieux, sorcier, je me réjouis alors d'être conduit par la haine et non par l'amour, car il me semble que je ne provoque pas la moitié des dommages que causent ceux qui agissent par amour...

— Je mettrai tout le sud aux pieds de Yishana et elle en fera selon son plaisir !

— Tout cela m'ennuie. Qu'as-tu l'intention de faire de moi ?

— D'abord, je te ferai souffrir dans ta chair. Très délicatement pour commencer. Je construirai ta souffrance jusqu'à ce que ton esprit soit façonné ainsi que je l'entends. Ensuite, je me concerterai avec les Seigneurs des Plans d'En-Haut pour savoir lequel désire le plus ton âme et m'en offrira le meilleur prix.

— Et que feras-tu de Kaneloon ?

— Les Kelmain s'en chargeront. Je n'ai plus maintenant besoin que d'un couteau pour trancher la gorge de Myshella dans son sommeil.

— Elle est protégée.

Le visage du sorcier s'assombrit un instant, puis il partit d'un grand rire.

— Ay ! Mais la porte sera bientôt abattue et ton petit ami aux cheveux roux périra dans le même temps que Myshella.

Il passa les doigts dans les boucles huileuses de ses cheveux.

— A la requête du Prince Umbda, je permets aux Kelmain de se reposer avant de prendre le château. Mais Kaneloon sera en flammes avant que vienne la nuit.

Elric porta son regard sur le château dressé au-dessus de la plaine enneigée et souillée. Il était certain que la rune n'avait pu venir à bout du charme de Theleb K'aarna.

— Je vais... commença-t-il. Puis il s'interrompit en surprenant un éclair d'or et d'argent sur les remparts. Une pensée encore informe était maintenant dans son esprit et le faisait hésiter.

— Eh bien ? demanda Theleb K'aarna d'un ton sauvage.

— Rien. Je me demandais seulement où se trouvait mon épée.

Le sorcier haussa les épaules.

— Nulle part où tu puisses la retrouver, brigand. Nous l'avons laissée là où tu es tombé. Cette maudite lame ne te servira plus. Ni aucune autre, désormais...

Elric se demanda ce qu'il adviendrait s'il appelait son épée auprès de lui. Il ne pourrait la saisir, car Theleb K'aarna l'avait solidement ligoté avec des liens de soie, mais il pouvait cependant l'appeler...

Il se mit sur pieds.

— Chercherais-tu à t'enfuir, Loup Blanc ? lui demanda nerveusement le sorcier.

Elric lui répondit par un sourire.

— Je veux seulement mieux voir la prise de Kaneloon, c'est tout.

Le sorcier brandit un couteau à lame courbe.

Elric vacilla, les yeux mi-clos, et commença à murmurer un nom qui n'était qu'un souffle.

Theleb K'aarna bondit sur lui. Son bras lui enserra la tête et le couteau mordit sa gorge.

— Tais-toi, chacal !

Mais Elric savait qu'il ne lui restait pas d'autre ressource que ce plan désespéré, et il murmura encore une fois le nom en priant pour que la soif de lente vengeance de Theleb K'aarna l'emporte sur son envie de le tuer sur place.

Le sorcier jura en s'efforçant de lui ouvrir la mâchoire.

— Je vais commencer en coupant ta satanée langue !

Elric lui mordit la main. Il eut dans le palais le goût du sang du sorcier et cracha.

— Par Chardros ! hurla Theleb K'aarna, si je n'avais pas fait vœu de te faire périr des mois durant, je...

Une rumeur s'éleva des rangs des Kelmain.

C'était comme une plainte de surprise venue de centaines de gorges.

Theleb K'aarna se retourna et l'air siffla entre ses dents serrées.

Une forme noire se déplaçait dans le crépuscule enténébré. Celle de l'épée runique. La forme de Stormbringer.

Elric, maintenant, l'appelait à pleine voix :

« A moi ! A moi, Stormbringer ! »

Theleb K'aarna repoussa Elric sur la trajectoire de l'épée et se rua à l'abri des rangs des Milices.

— Stormbringer !

L'épée, à présent, était suspendue dans l'air au-dessus du Melnibonéen.

Les Kelmain, une fois encore, s'exclamèrent en voyant une autre forme s'élever des remparts du Château Kaneloon.

Hystérique, Theleb K'aarna se tourna vers Umbda :

« Prince ! Préparez vos hommes pour l'attaque ! Je sens que nous sommes en danger ! »

Mais Umbda ne le comprit pas et le sorcier fut obligé de lui répéter ses paroles dans la langue Kelmain.

— Il faut empêcher l'épée de le rejoindre ! ajouta Theleb K'aarna. Il se mit à vociférer dans la langue Kelmain et plusieurs guerriers quittèrent les rangs et tentèrent de s'emparer de l'épée runique avant qu'elle n'atteigne son maître albinos.

Mais Stormbringer vint à leur rencontre et frappa, et

tous moururent et nul n'osa plus essayer de s'emparer d'elle.

Lentement, l'épée runique se rapprochait d'Elric.

— Elric! lança Theleb K'aarna. Si tu m'échappes aujourd'hui, je te jure bien que je te retrouverai!

— Et si tu m'échappes toi, répondit le Melnibonéen, je te retrouverai, Theleb K'aarna. Sois-en sûr.

La forme qui avait quitté le château était faite de plumes d'argent et d'or. Elle volait loin au-dessus des Milices de Kelmain et plana un instant avant de se diriger vers les ailes de l'immense armée. Elric, quoi qu'il ne pût la distinguer clairement, savait qui elle était. C'était pour cela même qu'il avait fait appel à Stormbringer, car il avait la certitude que Tristelune chevauchait le grand oiseau de métal et que l'Elwherien tenterait de le sauver.

— Ne le laissez pas se poser hurla Theleb K'aarna. Il vient au secours de l'albinos!

Mais les Kelmain ne le comprirent pas. Sous les ordres de leur prince, ils étaient prêts à se lancer à l'attaque de Kaneloon.

Theleb K'aarna eut beau leur répéter ses instructions en Kelmain, rien n'y fit. Il était évident qu'ils ne lui faisaient pas confiance et qu'ils ne comprenaient pas pourquoi ils devaient se préoccuper d'un seul homme et d'un bizarre oiseau de métal. Rien ne pouvait arrêter leurs machines de guerre. Ni l'homme ni le volatile.

— Stormbringer! murmura Elric à l'instant où la lame trancha ses liens avant de venir se nicher au creux de sa main. Désormais, il était libre, mais les Kelmain, même s'ils ne semblaient pas lui accorder autant d'importance que Theleb K'aarna, n'étaient pas décidés à le laisser s'enfuir à présent qu'il tenait l'épée et que celle-ci ne volait plus seule par magie.

Le Prince Umbda lança un ordre.

Une escouade dense de guerriers Kelmain se rua sur Elric. Il ne fit aucunement mine de les attaquer. Il avait décidé de se défendre en attendant que Tristelune vienne à la rescousse.

Mais l'oiseau de métal était encore loin. Il semblait voler au large de l'armée et se désintéresser de lui.

Avait-il donc été trompé ?

Il para plusieurs coups, forçant les Kelmain à se regrouper et à se gêner les uns les autres. A présent, l'oiseau d'argent et d'or était presque hors de vue.

Mais où était Theleb K'aarna ?

Elric essaya de le trouver, mais le sorcier était sans nul doute au centre des Milices, désormais.

Elric fit sauter la gorge d'un des guerriers à peau dorée et une force nouvelle coula dans ses veines. D'un revers d'épée, il trancha l'épaule d'un autre Kelmain, mais il était clair qu'il ne pourrait sortir vainqueur de ce combat si Tristelune n'accourait pas avec son oiseau de métal.

La monture d'argent et d'or parut modifier son vol et regagner Kaneloon. Attendait-elle donc des instructions de sa maîtresse dormante ? Ou bien refuserait-elle simplement d'obéir aux ordres de Tristelune ?

Dans la neige ensanglantée, boueuse, lentement, Elric se replia vers l'entassement de corps. Il se battait toujours, mais sans grand espoir.

L'oiseau passa, loin sur sa gauche.

Avec une ironie amère, Elric songea qu'il s'était totalement trompé en voyant l'oiseau s'élever de Kaneloon. En retardant sa décision, il n'avait fait qu'avancer sa mort, et peut-être celle de Myshella et de Tristelune.

Kaneloon était perdu. Myshella était perdue. Lormyr et sans doute l'ensemble des Jeunes Royaumes étaient perdus.

Et lui, Elric, était perdu.

Ce fut alors qu'une ombre passa sur les combattants et que les Kelmain battirent en retraite en hurlant tandis qu'un grand tumulte se faisait dans l'air.

Elric, soulagé, reconnut le battement des ailes de métal. Il s'attendait à découvrir Tristelune en selle mais vit le visage de Myshella. Elle le regardait, ses cheveux flottant au vent des vastes ailes.

— Vite, Seigneur Elric, avant qu'ils ne reviennent !

Elric rengaina son épée runique et sauta en selle derrière la Sorcière de Kaneloon. Ils regagnèrent les airs tandis que les flèches sifflaient autour de leurs têtes et crépitaient sur les plumes métalliques de l'oiseau.

— Nous allons faire encore une fois le tour de leur armée, dit Myshella, puis nous retournerons au château. Votre rune ainsi que le Nanorion sont venus à bout de l'enchantement de Theleb K'aarna mais cela a pris plus de temps que nous le souhaitions vous et moi. Regardez, le Prince Umbda ordonne déjà à ses hommes de marcher sur Kaneloon. Et Tristelune est seul à défendre le château.

— Pourquoi faire le tour de l'armée d'Umbda ?

— Vous allez voir. Du moins, je l'espère, mon Seigneur.

Myshella entama alors une incantation. C'était un chant étrange et troublant dans une langue qui n'était pas totalement étrangère à la Langue Sacrée des Melnibonéens. Pourtant, elle en différait suffisamment pour que de nombreux mots échappent à Elric, car de plus l'accent de Myshella n'était en rien familier.

Ainsi volèrent-ils autour des Milices de Kelmain. Elric vit que la troupe se rangeait en ordre de bataille. Il ne faisait désormais aucun doute qu'Umbda et Theleb K'aarna avaient défini la meilleure stratégie d'attaque.

Puis le grand oiseau revint vers le château à tire-d'aile. Il se posa sur les remparts et Myshella et Elric descendirent de selle. Tristelune, le visage sombre, se précipita à leur rencontre.

Ils se retournèrent pour observer la plaine et virent alors que les Kelmain se mettaient en marche.

— Qu'avez-vous fait à... commença Elric, mais Myshella leva la main.

— Peut-être n'ai-je rien fait. Et peut-être la sorcellerie sera-t-elle impuissante.

— Qu'était-ce donc ?

— J'ai répandu le contenu de la bourse que vous m'avez rapportée tout autour de leur armée. Regardez...

— Et si le sort est resté sans effet... murmura Tristelune. Puis il s'interrompit, essayant de percer les ténèbres du regard : « Qu'est-ce que cela ? »

Avec une expression de satisfaction vampirique,

Myshella répondit : « C'était le Nœud Coulant de Chair. »

Car, dans la neige, quelque chose poussait. Une chose rose et tremblotante. Une chose énorme. Une masse qui gonflait et entourait les Milices Kelmain dans les ruades et les hennissements des chevaux.

Et les glapissements des Kelmain.

C'était comme de la chair, et c'était si grand que les Milices étaient en partie cachées.

Il se fit un grand bruit quand les Kelmain tentèrent de mettre leurs engins de guerre en position et de se frayer un chemin dans la chose rose.

Puis il y eut des cris. Pas un cavalier n'échappa à l'étreinte du Nœud Coulant de Chair.

La substance, alors, commença à se rabattre sur l'armée Kelmain et Elric entendit un son que jamais encore il n'avait entendu.

C'était une voix.

La voix de centaines de milliers d'hommes plongés dans une seule et même terreur, condamnés à la même fin.

Une plainte de désespoir, de détresse et d'affreuse frayeur.

Mais cette plainte était si énorme que les murailles de Kaneloon en vibraient.

— Pour un guerrier, ce n'est pas une mort, murmura Tristelune en se détournant.

— Mais c'était la seule arme dont nous disposions, dit Myshella. Je la possède depuis bien des années mais jamais encore je n'avais eu à m'en servir.

— Seul Theleb K'aarna, entre tous, méritait cette fin, dit Elric.

La nuit tomba et le Nœud Coulant de Chair se resserra sur les Milices de Kelmain, broyant toute vie hormis quelques chevaux qui s'étaient enfuis à la première manifestation de la sorcellerie.

Il broya le Prince Umbda, qui parlait une langue inconnue des Jeunes Royaumes, une langue inconnue des anciens, et qui était venu par-delà le Bord du Monde pour conquérir le monde.

Il broya Theleb K'aarna, qui, au nom de son amour

pour une reine lascive, avait voulu s'emparer de la Terre avec l'aide du Chaos.

Et il broya tous les guerriers de cette race presque humaine, celle des Kelmain. Ainsi que tous ceux qui auraient pu dire ce qu'ils avaient été et d'où ils étaient venus.

Puis il les absorba et, dans un dernier clignotement, disparut pour retourner à la poussière.

Il ne resta pas une trace de chair. Mais, sur la neige, étaient dispersés les armes et les effets, les armures, les harnachements, les ceinturons et les pièces aussi loin que le regard pouvait porter.

Myshella hocha la tête.

— C'était le Nœud Coulant de Chair, dit-elle. Je vous remercie de me l'avoir rapporté, Elric. Et je vous remercie aussi pour avoir trouvé la pierre qui m'a réveillée. Et pour avoir sauvé Lormyr.

— Ay! fit Elric. Je me remercie.

Il se détourna avec un frisson. A présent, la fatigue s'insinuait en lui.

La neige tombait à nouveau.

« Vous n'avez à me remercier pour rien, Dame Myshella. Je n'ai fait que satisfaire mes plus sombres envies, j'ai assouvi ma soif de vengeance. J'ai détruit Theleb K'aarna. Tout le reste n'a été que fortuit, car je me soucie peu de Lormyr, des Jeunes Royaumes ou de toute autre cause...

Tristelune lut du scepticisme dans les yeux de Myshella et un sourire effleura ses lèvres.

Elric franchit la porte et descendit l'escalier qui conduisait au hall.

— Attendez, dit Myshella. Ce château est magique. Il reflète les désirs de celui qui y pénètre — si j'en fais le vœu.

Elric se frotta les yeux.

— En ce cas, il est évident que nous n'avons pas de désirs. Le mien est satisfait à présent que Theleb K'aarna est détruit. J'aimerais quitter ces lieux, ma dame.

— Vous n'avez pas de désir? fit Myshella.

Il la regarda droit dans les yeux et dit, l'air sombre :

« Le regret engendre la faiblesse. Le regret ne conduit à rien. Le regret est comme une maladie qui ronge vos organes et vous détruit à la fin...

— Et vous n'avez nul désir ?

Il hésita.

— Je vous comprends. J'admets que votre apparence... (Il haussa les épaules.) Mais êtes-vous ?...

Elle leva les mains.

— Ne me posez pas trop de questions. Ecoutez. Ce château peut devenir ce que vous désirez par-dessus tout. Et tout ce que vous désirez à l'intérieur !

Elle fit un signe.

Alors Elric regarda autour de lui, ses yeux s'ouvrirent tout grands et il se mit à hurler.

Il tomba à genoux puis se tourna vers Myshella, implorant.

— Non, Myshella, non ! Je ne désire pas cela !

En hâte, elle fit un autre signe.

Tristelune se précipita pour aider son ami à se relever.

— Qu'était-ce ? Qu'avez-vous donc vu ?

Elric se redressa, porta la main à son épée et déclara d'un ton calme et sinistre :

— Ma dame, je vous tuerais pour cela si je ne comprenais pas que vous n'avez voulu que me plaire

Il observa longuement le sol avant de poursuivre.

« Sachez ceci. Elric ne saurait avoir ce qu'il désire le plus. Ce qu'il désire n'existe pas. Ce qu'il désire est mort. Tout ce qu'Elric possède, c'est le chagrin, le mal, la haine et la culpabilité. C'est là tout ce qu'il mérite et tout ce qu'il désirera jamais.

Elle mit les mains sur son visage et regagna la chambre où ils l'avaient trouvée la première fois. Elric la suivit.

Tristelune fit quelques pas, puis il s'arrêta.

Il les regarda entrer et vit la porte se refermer sur eux.

Il retourna sur les remparts et son regard fouilla les ténèbres.

Au loin, des ailes d'argent et d'or scintillèrent un bref instant sous la lune avant de disparaître.

Il soupira. La nuit était glacée.

Il regagna le château et s'installa contre une colonne dans l'intention de dormir.

Mais bientôt un rire lui parvint de la chambre du haut.

Et ce rire le fit se précipiter au long des couloirs, jusque dans le grand hall où le feu était éteint, dehors, puis jusque dans les écuries où il se sentit plus en sécurité.

Mais, cette nuit-là, il ne dormit pas, car le rire lointain continuait de le poursuivre.

Et il le poursuivit jusqu'au matin.

PIÈGE
POUR UN PRINCE PÂLE

> « ... mais ce fut dans Nadsokor, la Cité des Mendiants, qu'Elric trouva un vieil ami et apprit quelque chose à propos d'un vieil ennemi... »
>
> Chronique de l'Epée Noire

1

LA COUR DU MENDIANT

NADSOKOR, cité des Mendiants, était infâme parmi tous les Jeunes Royaumes. Nadsokor se trouvait à proximité du cours du Varkalk, le fleuve féroce, non loin du Royaume d'Org et de l'effrayante Forêt de Troos. Elle exsudait une puanteur que l'on percevait sur des milles à la ronde et rares étaient les visiteurs qui s'y hasardaient.

Les habitants de ce lieu détestable s'en allaient mendier de par le monde, volaient ce qu'ils pouvaient et ramenaient ensuite leur butin à Nadsokor, la moitié de leurs profits allant à leur roi en échange de sa protection.

Leur roi régnait depuis bien des années. On le connaissait sous le nom d'Urish les Sept-Doigts, car il avait quatre doigts à la main droite et trois à la gauche. Sur son visage jadis harmonieux, les veines saillaient maintenant et des cheveux immondes et infestés encadraient cette figure minable sur laquelle les ans et la saleté avaient laissé mille cicatrices. Le regard pétillant de deux yeux pâles éclairait cette ruine.

Le symbole du pouvoir d'Urish était un grand couperet qui jamais ne quittait son côté et qu'il avait baptisé Hacheviande. Son trône était fait de chêne noir grossièrement sculpté, avec des incrustations de pierres, d'or et d'ossements. Derrière était installé le

Trésor d'Urish, un coffre sur lequel lui seul pouvait porter le regard.

Pour la plus grande part de chaque journée, Urish se prélassait sur son trône, présidant un hall ignoble et lugubre que peuplait sa Cour : un ramassis de crapules dont l'aspect et les manières étaient trop répugnants pour qu'on pût les tolérer ailleurs.

En ces lieux, chaleur et lumière étaient fournies par des braseros qui brûlaient à toute heure des détritus en dégageant une fumée huileuse et une puanteur suffocatoire qui dominait tous les relents du hall.

Et voici qu'un visiteur se présenta à la Cour d'Urish.

Il se tenait face à l'estrade du trône et portait parfois à ses lèvres épaisses et rouges un mouchoir lourdement parfumé.

Son visage, mat en d'autres temps, était gris, et ses yeux avaient une expression douloureuse et hallucinée tandis que son regard allait des mendiants pouilleux aux amas de détritus et aux braseros débordants.

Le visiteur était vêtu d'un ample manteau de brocart propre aux gens de Pan Tang, il avait les yeux noirs, un grand nez crochu, des boucles aile-de-corbeau et une barbe frisottée. Portant le mouchoir à la bouche, il s'inclina très bas en s'arrêtant au pied du trône d'Urish.

Comme toujours, il y avait de la convoitise, de la méchanceté et de la faiblesse dans le regard d'Urish tandis qu'il observait cet étranger dont il avait été tardivement prévenu de la visite.

Le nom avait éveillé quelques échos dans sa mémoire et il croyait même deviner ce qui amenait ici ce Pan Tangien.

— J'ai entendu dire que vous étiez mort, Theleb K'aarna. Que vous aviez été tué au-delà de Lormyr, près du Bord du Monde.

Urish sourit, montrant ainsi les failles noirâtres de sa dentition pourrissante.

Theleb K'aarna ôta alors le mouchoir de sa bouche et parla d'une voix tout d'abord étranglée, puis plus ferme comme lui revenait le souvenir des maux qui lui avaient été infligés récemment.

— La magie qui est mienne est assez forte pour me

permettre d'échapper à un sortilège comme celui qui fut lancé ce jour-là. Mes invocations m'ont emmené à l'abri de la terre tandis que le Nœud Coulant de Chair de Myshella écrasait les Milices de Kelmain.

Le répugnant sourire d'Urish s'élargit encore.

— Tu t'es donc glissé dans un trou, c'est ça ?

Il y eut un éclat farouche dans les yeux du sorcier de Pan Tang.

— Je n'ai pas l'intention de discuter de mes pouvoirs avec...

Il s'interrompit, inspira profondément, et le regretta aussitôt. Il promena un regard méfiant sur la Cour du Mendiant, sur les boiteux et les rogneux qui se vautraient dans le hall et le conspuaient. Les mendiants de Nadsokor connaissaient le pouvoir de la pauvreté et de la maladie, combien ils pouvaient terrifier ceux qui ne vivaient pas avec. Ils avaient fait de leur misère un rempart contre les intrus.

Le Roi Urish fut secoué d'une quinte de toux qui pouvait être un rire.

— Et est-ce donc ta magie qui t'a conduit ici ?

Tout son corps était secoué de spasmes mais ses yeux injectés de sang restaient fixés immuablement sur le magicien de Pan Tang.

— J'ai traversé bien des mers et tout Vilmir pour me retrouver ici, dit Theleb K'aarna. Car j'ai entendu dire qu'il était quelqu'un que tu détestais entre tous les autres...

— Mais nous haïssons *tous les autres,* tous ceux qui ne sont pas des mendiants, dit Urish en pouffant de rire avant d'être repris par une quinte violente.

— Mais tu hais Elric de Melniboné par-dessus tout.

— Ay ! Ce serait juste de le dire. Avant de devenir célèbre, avant d'être l'Assassin de sa Race, le traître d'Imrryr, il est venu ici, à Nadsokor, afin de nous tromper, déguisé en lépreux qui voyageait en mendiant. Il prétendait venir des Terres d'Orient, au-delà de Karlaak. Il m'a dupé de façon infâme et a dérobé quelque chose dans mon Trésor. Et mon Trésor est sacré — jamais je ne laisserai plus personne porter les yeux sur lui !

75

— J'ai entendu dire qu'il t'aurait volé un parchemin. Une incantation qui autrefois appartint à son cousin Yyrkoon. Yyrkoon souhaitait se débarrasser d'Elric et lui avait fait croire que l'incantation arracherait la princesse Cymoril à son sommeil magique.

— Ay ! Yyrkoon avait donné le parchemin à l'un de nos citoyens qui s'en était allé mendier devant les portes d'Imrryr. Puis il avait dit à Elric ce qu'il avait fait. Elric s'est donc déguisé et est venu ici. Avec l'aide de la sorcellerie, il a eu accès à mon Trésor — mon Trésor sacré — et y a pris le parchemin...

Theleb K'aarna jeta un regard oblique sur la Cour du Mendiant.

— Certains prétendent que ce n'était pas la faute d'Elric — que le vrai coupable était Yyrkoon. Qu'il vous a trompés l'un et l'autre. Mais l'incantation n'a pas réveillé Cymoril, n'est-ce pas ?

— Non. Mais, à Nadsokor, nous avons une loi...

Urish leva Hacheviande, son grand couperet, et présenta sa lame émoussée et rouillée. Malgré son aspect usé, c'était une arme effrayante.

— Cette Loi dit que quiconque porte les yeux sur le Trésor Sacré du Roi Urish doit mourir, et de façon horrible, entre les mains du Dieu Ardent !

— Et nul de tes concitoyens errants n'a encore réussi à assouvir cette vengeance ?

— Je dois rendre personnellement la sentence avant qu'il ne meure. Il doit revenir à Nadsokor, car c'est ici seulement qu'il doit recevoir son châtiment.

— Je n'ai aucun amour pour Elric, dit Theleb K'aarna.

Une fois encore, Urish fut pris d'une quinte de rire.

— Ay ! J'ai entendu dire qu'il t'avait pourchassé par tous les Jeunes Royaumes, que tu avais fait appel à des sorcelleries de plus en plus puissantes mais que toujours il t'avait vaincu.

Theleb K'aarna prit un air sombre.

— Prends garde, Roi Urish. La chance a été contre moi, mais je reste un des plus grands sorciers de Pan Tang.

— Mais tu dépenses tes pouvoirs et réclames trop aux Seigneurs du Chaos. Un jour, ils se lasseront de te venir en aide et trouveront quelqu'un d'autre pour faire leur travail.

Les lèvres souillées du Roi Urish se refermèrent sur ses dents noires. Ses yeux pâles ne cillaient pas tandis qu'il observait Theleb K'aarna.

La Cour se rapprochait dans un raclement de pieds difformes, le bruit d'une béquille, d'un bâton. La fumée grasse des braseros qui montait lentement vers les ténèbres du toit semblait menaçante.

Le Roi Urish porta une main à son couperet et l'autre à son menton. Ses ongles éraillés grattèrent le chaume noirâtre qui salissait son visage. Quelque part derrière le trône, une femme émit un bruit obscène et gloussa de rire.

Comme s'il cherchait quelque réconfort, le sorcier porta son mouchoir parfumé à ses narines. Il se prépara à une éventuelle attaque.

— Mais je gage que tu as encore quelques pouvoirs, dit brusquement Urish, brisant net la tension qui s'était installée. Sinon, tu ne serais pas là.

— Mes pouvoirs ont augmenté...

— Pour l'heure, peut-être.

— Mes pouvoirs...

— Je suppose que tu es venu avec un plan qui, tu l'espères, aboutira à la destruction d'Elric, poursuivit Urish d'un ton affable.

Les mendiants retrouvèrent leur calme. Seul, à présent, Theleb K'aarna montrait des signes de malaise. Car le regard des yeux injectés de sang du Roi des mendiants était sardonique.

« Et tu désires mon aide parce que tu sais que je hais ce pillard au visage de craie. »

— Voudrais-tu entendre les détails de mon plan ? demanda le sorcier.

Urish haussa les épaules.

— Pourquoi pas. Au moins, ils pourront me distraire.

Inquiet, Theleb K'aarna promena son regard sur la

foule corrompue et ricanante qui l'entourait. Il aurait aimé connaître un sort pour disperser la puanteur.

Il respira profondément à travers son mouchoir et se mit à parler...

2

L'ANNEAU VOLÉ

De l'autre côté de la taverne, le jeune dandy affecta de commander une nouvelle outre de vin tout en glissant un regard vers le coin où s'était installé Elric.

Puis il se pencha vers ses compagnons — marchands et jeunes nobles venus de plusieurs nations — et reprit son discours à mi-voix.

Elric savait qu'il était le sujet principal de ce discours. D'ordinaire, Elric n'avait que mépris pour ce genre de comportement, mais il était las et impatient de voir reparaître Tristelune. Il avait presque envie de chasser le jeune dandy, ne fût-ce que pour passer le temps.

Il commençait à regretter d'avoir décidé de visiter l'Ancienne Hrolmar.

Cette opulente cité était un carrefour où se rencontraient les plus imaginatifs des citoyens des Jeunes Royaumes. Tous y affluaient : explorateurs, aventuriers, mercenaires, artisans, peintres, marchands, poètes, car, sous la férule du prestigieux Duc Avan Astran, cette agglomération Vilmirienne subissait un changement profond.

Le Duc Avan avait pour sa part visité les plus lointains recoins du monde et en avait rapporté richesse et connaissances dont il en avait fait profiter l'Ancienne Hrolmar. Cette ville riche et intellectuelle avait attiré les riches et les intellectuels et elle était devenue ainsi florissante.

Mais les bavardages florissaient aussi, avec les intellectuels et les riches, car s'il est plus bavard que le marchand et le marin, c'est bien assurément le peintre et le poète. Et, fort naturellement, on bavardait beaucoup autour de l'albinos fatal, Elric de Melniboné, qui était devenu le héros de plusieurs ballades écrites par des rimeurs sans grand talent.

Elric avait accepté de gagner la cité sur l'insistance de Tristelune qui prétendait que c'était le meilleur endroit où trouver quelque argent. La prodigalité d'Elric les avait rendus à nouveau presque miséreux et il leur fallait des provisions et des montures.

La première intention d'Elric avait été de contourner l'Ancienne Hrolmar pour chevaucher jusqu'à Tanelorn, qui était leur but, mais Tristelune leur avait fait remarquer fort justement qu'ils avaient besoin de bons chevaux, d'équipement et de vivres pour le long voyage qui allait les obliger à traverser les plaines Vilmiriennes puis Ilmioriennes jusqu'en lisière du Désert des Soupirs où était située la mystérieuse Tanelorn. Elric s'était rendu aux raisons de son compagnon, pourtant, après sa rencontre avec Myshella et le spectacle de destruction du Nœud Coulant de Chair, il était fatigué et aspirait à la paix que lui offrait Tanelorn.

Ce qui n'arrangeait nullement les choses, c'est que l'auberge était par trop éclairée et trop bien fréquentée au goût d'Elric. Il aurait préféré une taverne plus modeste, moins coûteuse, le genre d'endroit où les clients ont pour habitude de mesurer leurs questions et de ravaler leurs bavardages. Mais Tristelune avait estimé qu'il était plus avisé de dépenser leurs dernières ressources dans un gîte confortable où ils pourraient inviter quelqu'un si le besoin s'en présentait...

Elric laissait à Tristelune la charge de rassembler de l'argent. Il ne doutait pas que son compagnon eût l'intention de le voler de quelque façon, mais peu lui importait.

En soupirant, il essaya de supporter les regards en

coulisse de ses voisins et de ne pas prêter l'oreille aux propos du jeune dandy. Il but sa coupe de vin et goûta à la volaille froide que Tristelune avait commandée pour lui avant de sortir. Il essayait de rentrer la tête dans le haut col de sa cape noire mais, ce faisant, il rendait son visage plus livide encore et plus neigeuse la blancheur de ses longs cheveux.

Tandis que son regard se promenait sur les soies, les fourrures et les brocarts des effets des clients de la taverne, il éprouvait le désir poignant de se retrouver à Tanelorn, où les hommes parlaient peu parce qu'ils avaient beaucoup vécu.

« ... et qu'il aurait tué sa mère et son père, de même. Et de l'amant de sa mère, on dit... »

« ... mais on prétend qu'il couche avec des cadavres de préférence... »

« ... et parce que les Seigneurs des Mondes d'En Haut lui ont jeté un sort de mort... »

« Et ce n'était pas de l'inceste ? Je tiens cela de quelqu'un qui a voyagé en sa compagnie... »

« ... Oui, et sa mère avait eu des rapports avec Arioch lui-même, et le fruit a été... »

« ... c'était peu après qu'il eut trahi son propre peuple pour Smiorgan et tous les autres ! »

« ... plutôt lugubre, en effet. Il n'a pas la tête à plaisanter, je dois dire... »

Des rires.

Elric essaya de se détendre et but encore un peu de vin. Mais les bavardages ne semblaient pas devoir ralentir.

« Ils disent aussi qu'il est un imposteur. Que le vrai Elric est mort à Imrryr... »

« ... un vrai prince de Melniboné serait vêtu plus élégamment. Et il... »

D'autres rires, encore.

Elric se leva, rejetant sa cape en arrière afin de révéler la grande épée noire à sa ceinture. La plupart des gens de l'Ancienne Hrolmar avaient entendu parler de Stormbringer et de son terrible pouvoir.

Il s'approcha de la table du jeune dandy.

— Messieurs, je m'offre à améliorer votre divertissement ! Vous pouvez faire mieux dès à présent, car voici quelqu'un qui peut vous apporter la preuve de certaines choses que vous évoquiez. Que dites-vous par exemple de son penchant pour une certaine forme de vampirisme ? Je ne crois pas vous avoir entendu aborder ce sujet...

Le jeune dandy s'éclaircit la gorge et haussa nerveusement l'épaule.

— Eh bien ? insista Elric avec un air innocent. Ne puis-je vous être d'aucune aide ?

Les bavardages s'étaient brusquement taris, chacun affectant d'être absorbé dans son repas.

Elric eut un sourire qui suscita des tremblements.

« Je désire seulement savoir ce que vous souhaitez entendre, messieurs. Je vous donnerai ensuite la preuve que je suis bien celui que vous avez appelé l'Assassin de Sa Race.

Marchands et nobles, drapés dans leurs robes splendides, se levèrent alors en évitant son regard. En une parodie de bravade, le jeune dandy se dirigea lentement vers la porte. Mais Elric se dressa sur leur chemin, la main posée sur la garde de Stormbringer.

— Ne voulez-vous point être mes hôtes ? Pensez seulement au récit que vous pourriez faire à vos amis...

— Dieux, quel rustre ! siffla le jeune dandy tout en frissonnant.

— Monsieur, nous n'étions pas mal intentionnés... bredouilla un gros négociant en herbes de Shazar.

— Nous parlions de quelqu'un d'autre, fit un jeune

noble avec un sourire pâle. Il avait un menton presque inexistant mais une moustache immense.

— Nous disions à quel point nous vous admirions, marmonna un chevalier Vilmirien qui semblait affligé d'un récent strabisme et dont le visage était soudain aussi blême que celui d'Elric.

Un marchand vêtu de sombres brocarts Tarkeshite passa la langue sur ses lèvres rouges et tenta de se comporter avec un peu plus de dignité que ses compagnons.

— Monsieur, l'Ancienne Hrolmar est une cité civilisée. Les gentilshommes ne s'y querellent pas...

— Mais, comme les femmes de la campagne, ils préfèrent bavarder, acheva Elric.

— Oui, dit le jeune moustachu, euh... non...

Le dandy drapa soigneusement sa cape et son regard se porta sur le plancher de l'auberge.

Elric s'écarta. En hésitant, le marchand Tarkeshite s'avança, puis se mit à courir vers la rue obscure, suivi par ses compagnons qui trébuchèrent dans leur précipitation. Elric, un instant, prêta l'oreille au bruit de leur course sur les cailloux, puis il se mit à rire. Les échos de ce rire transformèrent la course en galopade éperdue et la bande atteignit bientôt le quai, tourna à l'angle d'une bâtisse dans les reflets de l'eau et disparut.

Elric sourit et, lentement, leva les yeux vers les silhouettes baroques des toits qui se détachaient sur le fond du ciel étoilé. Un bruit de pas se fit entendre à l'autre extrémité de la rue. Elric, en se retournant, aperçut les nouveaux venus dans une flaque de lumière venue d'un magasin proche.

C'était Tristelune. L'Elwherien trapu était accompagné de deux femmes vêtues de façon criarde, lourdement maquillées, sans nul doute des putains Vilimiriennes qu'il avait ramenées de l'autre côté de la ville. Il les tenait chacune par la taille et chantait une ballade discordante, tout en s'arrêtant fréquemment pour avaler une rasade de vin qu'une des filles lui versait dans la gorge en riant bruyamment. Elric vit que les deux putains tenaient de grands récipients de pierre et qu'elles se relayaient pour abreuver Tristelune sans répit.

A quelques pas de l'auberge, Tristelune reconnut son compagnon et lui fit un geste de la main tout en clignant de l'œil.

— Eh, vous voyez que je ne vous ai pas oublié, Prince de Melniboné. L'une de ces beautés vous est destinée !

Elric lui fit une révérence exagérée.

— Mais c'est trop bon de ta part. Je croyais cependant que tu avais fait le projet de nous trouver un peu d'or. N'est-ce pas pour cela que nous sommes venus dans l'Ancienne Hrolmar ?

— Ay ! lança Tristelune en embrassant les filles sur les joues, ce qui eut pour effet de déchaîner leurs rires.

« C'est bien vrai ! De l'or — ou ce qui peut valoir de l'or. J'ai sauvé ces deux jeunes dames des sévices d'un cruel entremetteur de l'autre côté de cette cité. Je leur ai promis de les revendre à un maître plus clément si elles savent se montrer reconnaissantes !

— Tu as volé ces esclaves ?

— Si vous l'exprimez ainsi — oui, je les ai « volées ». Eh oui, bel et bien volées. Je les ai libérées par le fer et les ai arrachées à une existence dégradante. Un acte humanitaire. Pour elles, finie la misère ! Elles peuvent regarder l'avenir...

— Leur vie de misère aura un terme — de même que la nôtre, c'est certain, quand leur entremetteur découvrira ce crime et alertera le guet. Comment as-tu donc mis la main sur elles ?

— Mais ce sont elles qui ont mis la main sur moi ! J'avais mis mes épées au service d'un vieux marchand qui n'était pas de cette ville. Je devais l'escorter jusqu'aux lieux les plus fangeux de l'Ancienne Hrolmar en échange d'une bonne bourse pleine d'or. Plus, en fait, que ce qu'il escomptait sans doute me donner. Tandis qu'il se livrait à la débauche de son mieux, je buvais en bas lorsque ces deux beautés ont séduit mon regard et m'ont conté leur infortune. Pour moi, il m'en a suffi et je les ai sauvées.

— Un plan très habile, railla Elric.

— Le leur ! Car leur cervelle est aussi bien tournée que leur...

— Je vais t'aider à les reconduire jusqu'à leur maître avant que les gardes de cette ville ne soient sur nous.

— Mais, Elric !...

— Auparavant...

Elric saisit son compagnon, le jeta par-dessus son épaule et le porta tant bien que mal jusqu'au quai. Là, il le prit fermement par le col et le plongea brusquement dans l'eau puante. Puis il le remit sur ses pieds. En frissonnant, Tristelune lui adressa un regard attristé.

— Vous savez bien que je suis enclin au rhume.

— Et aussi à la boisson ! On ne nous aime pas ici, Tristelune. Le guet n'a besoin que d'une excuse pour s'emparer de nous. Au mieux nous serons contraints de fuir cette ville avant d'avoir accompli notre tâche. Au pire, nous nous retrouverons désarmés, emprisonnés et peut-être bien exécutés.

Ils revinrent vers les deux filles. L'une d'elles s'avança, s'agenouilla, prit la main d'Elric et posa ses lèvres sur sa cuisse.

— Maître, j'ai un message...

Elric se pencha pour l'obliger à se relever.

Elle poussa un cri et ouvrit tout grand ses yeux fardés. Elric, tout d'abord étonné, suivit son regard et vit en se retournant la poignée de braves qu'il avait chassés de la taverne et qui, maintenant, se ruaient sur lui et Tristelune. Derrière eux, il crut apercevoir le jeune dandy. Ils revenaient pour se venger. Des poignards brillèrent dans l'obscurité et Elric vit que ceux qui les brandissaient portaient la cagoule noire des assassins professionnels. Ils devaient être une dizaine. Assurément, le jeune dandy devait être assez fortuné car les assassins étaient hors de prix dans l'Ancienne Hrolmar.

Tristelune avait déjà tiré ses deux épées et affrontait le premier spadassin. Elric repoussa la fille effrayée derrière lui et porta la main à la poignée de Stormbringer. L'énorme épée runique parut jaillir du fourreau de sa propre volonté et sa lame répandit une lumière noire tandis que s'élevait son étrange plainte de guerre.

L'un des assassins s'exclama : « Elric ! ». Il devina que le dandy ne leur avait sans doute pas précisé qui ils devaient tuer. Il para le coup d'une longue épée et sa lame s'abattit avec une sorte de délicatesse sur le poignet de son adversaire. La longue épée et le poignet volèrent dans l'ombre et l'homme recula en titubant avec un hurlement.

D'autres épées rappèrent. Des yeux glacés brillaient sous les cagoules noires. Stormbringer déversait son chant — c'était un cri de victoire mais aussi une lamentation. Le délice du combat se lisait sur le visage du Melnibonéen et, à chaque coup, ses yeux rouges étaient deux brandons dans son visage d'os.

Des cris traversaient la nuit, des jurons, les appels des filles, les grognements des hommes, le claquement de l'acier contre l'acier, le raclement des bottes sur les cailloux, le bruit sourd des lames perçant la chair, cassant les os. Elric se dressait dans la mêlée, brandissant son épée à deux mains. Il avait perdu Tristelune de vue et priait pour que l'Homme de l'Est fût encore en vie. De temps en temps, il entr'apercevait l'une des deux filles et se demandait pourquoi elle ne s'était pas enfuie.

Les corps de plusieurs assassins cagoulards étaient étendus sur les cailloux de la ruelle et les survivants commençaient à battre en retraite sous les coups d'Elric. Ils n'ignoraient pas le pouvoir de son épée runique et ce qu'il advenait de ceux qu'elle frappait. Ils avaient vu l'expression de leurs camarades morts à l'instant où la lame infernale absorbait leur âme. Avec chaque mort, Elric semblait devenir plus fort et le rayonnement noir de Stormbringer plus intense.

L'albinos éclata soudain d'un rire sauvage. Les échos de ce rire volèrent sur les toits de l'Ancienne Hrolmar et ceux qui les perçurent se couvrirent les oreilles, avec le sentiment effrayant d'être prisonniers d'un cauchemar.

— Venez, mes amis ! Ma lame est encore assoiffée !

Un assassin s'avança et Elric leva la Lame Noire. L'homme tenta de protéger son crâne en parant de son épée. Mais Stormbringer retomba. Elle fendit l'acier de la lame, découpa le casque, pénétra jusqu'au cou et s'enfonça dans le torse. L'assassin fut partagé en deux et la lame runique s'attarda un instant dans ses entrailles à festoyer, à s'abreuver des ultimes restes de l'âme ténébreuse de l'assassin.

Les survivants s'enfuirent en désordre.

Elric inspira profondément et détourna le regard des restes de l'homme. Il rangea Stormbringer dans son fourreau et se mit en quête de Tristelune.

Quelque chose le frappa à la hauteur de la nuque. Une nausée monta en lui et il lutta pour retrouver son équilibre. Quelque chose le piqua au poignet et, à travers une brume, il lui sembla discerner les traits de Tristelune. Mais ce n'était pas lui. Peut-être était-ce une femme... Elle enserrait sa main gauche. Où voulait-elle donc le conduire ?

Ses genoux se dérobèrent sous lui et il s'effondra sur les cailloux de la chaussée. Il voulut appeler, mais ne parvint pas à émettre le moindre son. La fille le tenait toujours par la main, comme si elle voulait l'emmener de force en sécurité. Mais il ne pouvait la suivre... Il tomba sur le côté, puis roula sur le dos et entrevit un ciel mouvant...

... et l'aube se levait sur les spires tourmentées des tours de l'Ancienne Hrolmar et il prit conscience que plusieurs heures s'étaient écoulées depuis son combat contre les assassins.

Le visage de Tristelune apparut dans le champ de son regard. Il semblait préoccupé.

— Tristelune ?

— Grâce soit rendue aux dieux d'Elwer ! Je croyais que cette lame empoisonnée était venue à bout de votre vie.

Les pensées d'Elric se faisaient plus claires, maintenant. Il s'assit.

— J'ai été assailli par-derrière. Comment... ?

Tristelune prit une expression embarrassée.

— Je crains que ces filles n'aient pas été ce qu'elles semblaient être.

Elric se souvint de la fille qui le tirait par la main gauche et il examina ses doigts.

— Tristelune ! La Bague des Rois a disparu. On m'a dérobé l'Actorios !

Les ancêtres d'Elric avaient porté la Bague des Rois des siècles durant. Elle avait été le symbole de leur pouvoir et la source de leurs dons surnaturels.

Le visage de Tristelune devint sombre.

— Et moi qui croyais avoir volé ces filles. Alors qu'elles n'étaient que des voleuses. Elles avaient préparé leur coup. Un vieux coup, je dois le dire...

— Tristelune, il y a autre chose... Elles n'ont rien dérobé hormis la Bague des Rois. J'ai encore un peu d'or dans ma bourse.

Tout en se redressant, Elric montra la bourse à sa ceinture.

Tristelune, du pouce, lui désigna une paroi qui surplombait la rue. Une fille était étendue là, maculée de sang et de boue.

— Elle a été prise par l'un des assassins au cours du combat. Elle a agonisé toute la nuit durant. Elle murmurait sans cesse votre nom. Je ne le lui avais pas révélé, pourtant. Mais je crains néanmoins que vous n'ayez raison. On les aura envoyées pour vous dérober l'anneau. J'ai été dupé.

Eric s'approcha de la fille et s'agenouilla auprès d'elle. Il effleura ses joues de la main. Elle ouvrit alors les paupières et le regarda avec des yeux troubles. En silence, ses lèvres prononcèrent son nom.

— Pourquoi devais-tu me voler ? demanda-t-il. Qui est ton maître ?

— Urish, murmura la fille, et sa voix était moins qu'une brise effleurant l'herbe. Il fallait voler l'anneau... l'emporter à Nadsokor...

Elric se pencha et découvrit une flasque de vin auprès de la fille mourante. Il tenta de lui en faire absorber une gorgée sans y parvenir. Le liquide ambré ruissela sur son menton, sur son cou gracile, et se répandit sur sa poitrine blessée.

— Es-tu des mendiantes de Nadsokor ? demanda brusquement Tristelune.

Elle acquiesça faiblement.

— Urish n'a jamais cessé d'être mon ennemi, dit Elric. Je lui ai autrefois arraché quelques biens et jamais il ne me l'a pardonné. Peut-être considère-t-il l'Actorios comme une espèce de règlement. — Il regarda la fille. — Ta compagne est-elle retournée à Nadsokor ?

La fille parut acquiescer une fois encore. Puis toute intelligence s'effaça de son regard, ses lèvres se fermèrent et elle cessa de respirer.

Elric se redressa, les sourcils froncés, frottant la main qui avait été dépossédée de la Bague des Rois.

— Laissez-lui l'anneau, suggéra Tristelune d'un ton plein d'espoir. Il s'en satisfera.

Elric secoua la tête.

— Dans une semaine, reprit Tristelune, une caravane quitte Jadmar. Elle est sous les ordres de Rackhir de Tanelorn et elle fait le commerce de provisions pour la cité. Si nous embarquons à bord d'un navire qui contourne la côte, nous pourrons être très vite à Jadmar, nous joindre à la caravane de Rackhir et gagner ainsi Tanelorn en bonne compagnie. Comme vous ne l'ignorez pas, il est extrêmement rare qu'un citoyen de Tanelorn se risque dans semblable voyage. Nous avons de la chance...

— Non, fit Elric à voix basse. Il nous faut oublier Tanelorn pour un moment, Tristelune. La Bague des Rois est le lien qui m'unit à mes pères. Plus encore — il soutient mes conjurations et c'est grâce à lui que nos vies furent plus d'une fois sauvées. Nous allons partir pour Nadsokor. Je dois essayer de rejoindre la fille avant qu'elle n'atteigne la Cité des Mendiants. Sinon, il me faudra y pénétrer pour tenter de reprendre l'anneau.

Tristelune haussa les épaules.

— C'est encore plus fou que le pire de mes plans, Elric. Urish nous détruira.

— Pourtant, il me faut partir pour Nadsokor.

Tristelune se pencha alors sur la fille et entreprit de lui ôter tous ses bijoux.

— Si nous devons acquérir des montures décentes, dit-il, nous aurons besoin du moindre sou vaillant.

3

LES FROIDES GOULES

NADSOKOR, se silhouettant sur le fond écarlate du ciel crépusculaire, évoquait plus un cimetière à l'abandon qu'une cité habitée. Ses tours étaient par trop inclinées, ses murailles fissurées et ses demeures à demi affaissées.

Elric et Tristelune gravirent la pente raide de la dernière colline sur leurs rapides destriers Shazariens (qui leur avaient coûté tout ce qu'ils possédaient) et contemplèrent la ville. Pis encore : ils la sentirent. Mille puanteurs diverses s'élevaient de cette agglomération infestée et les deux compagnons portèrent la main à leur nez tout en manœuvrant leurs chevaux afin qu'ils regagnent l'abri de la vallée.

— Nous camperons ici quelque temps, dit Elric, jusqu'à la tombée de la nuit. Puis nous entrerons dans Nadsokor.

— Elric, je ne suis pas certain de supporter cette infection. Quel que soit notre déguisement, notre dégoût nous dénoncera comme des étrangers.

Elric, avec un sourire, porta la main à sa bourse. Il en sortit deux tablettes et en offrit une à Tristelune.

L'Homme de l'Est eut un regard soupçonneux.

— Qu'est-ce donc ?

— Une potion. Je m'en suis servi une fois lors de ma visite à Nadsokor. Cela tuera complètement ton sens de l'odorat — et, malheureusement et par la même occasion, ton sens du goût...

Tristelune se mit à rire.

— Mon intention n'était point de faire un repas de gourmet dans la Cité des Mendiants !

Il avala sans plus attendre la tablette et Elric l'imita.

Presque aussitôt, Tristelune prit conscience que les relents de la cité devenaient moins puissants. Plus tard, comme ils mâchaient le pain moisi qui était tout ce qui leur restait comme vivre, il dit :

— Je ne sens rien. Cette potion est vraiment efficace.

Elric acquieça tout en contemplant la colline qui les séparait de la ville, le front plissé.

Tristelune se saisit de ses deux épées et entreprit de les affuter avec la pierre qui ne le quittait pas. Mais, ce faisant, ses yeux demeuraient fixés sur Elric. Il s'efforçait de deviner les pensées de l'albinos.

— Bien sûr, dit enfin Elric, il va nous falloir abandonner nos montures, car la plupart de ces mendiants n'en ont cure.

— Dans leur perversité, ils gardent quelque fierté, murmura Tristelune.

— Ay ! Et nous aurons besoin de ces haillons que nous avons avec nous.

— On remarquera nos épées.

— Pas si nous portons des robes suffisamment amples. Il faudra que nous marchions comme si nous avions la jambe raide, ce qui n'est pas étrange chez un mendiant.

Tristelune, à regret, entreprit de décharger les bâts des montures et d'en extraire les haillons.

C'est ainsi qu'un duo abominable, l'un boiteux et voûté, l'autre petit et le bras tordu, s'avança tant bien que mal dans le lac de détritus qui cernait la Cité des Mendiants en direction d'une des nombreuses fissures dans la muraille.

Nadsokor avait été abandonné quelques siècles auparavant par une population qui cherchait à se soustraire aux ravages d'une épidémie de vérole particulièrement virulente. Les mendiants étaient arrivés peu après.

Depuis, rien n'avait été entrepris pour renforcer les défenses de la ville. La boue qui s'était accumulée sous les remparts valait bien n'importe quelle muraille.

Nul n'aperçut les deux personnages qui escaladaient les ruines et s'insinuaient dans les ruelles sombres et empuanties de la Cité des Mendiants. Seuls des rats énormes se dressaient sur leurs pattes arrière pour les regarder passer. Ils se dirigeaient vers le bâtiment qui avait jadis abrité le sénat de Nadsokor et qui était devenu le palais d'Urish. Des chiens décharnés, occupés à croquer des ordures, fuyaient dans les recoins obscurs à leur approche. Les deux compagnons rencontrèrent une file d'aveugles qui se tenaient par l'épaule et traversaient la rue devant eux. Des maisons en ruine, venaient des rires et des gloussements : les estropiés faisaient la fête avec les infirmes tandis que les dégénérés et les dévoyés s'accouplaient avec de vieilles femmes. Comme le couple de faux mendiants passait à proximité de ce qui avait été autrefois le forum de Nadsokor, un cri jaillit du seuil à demi effondré d'une maison et une jeune fille surgit. Elle était à peine pubère. Un mendiant affreusement gras la poursuivait, se servant de ses béquilles avec une rapidité atroce tandis que ses moignons blêmes se démenaient dans le vide. Tristelune s'apprêta à l'affrontement, mais Elric le retint pendant que la créature bouffie tombait sur sa proie, rejetait ses béquilles avec un bruit creux et s'emparait de l'enfant.

Tristelune essaya d'échapper à l'étreinte d'Elric, mais l'albinos lui murmura à l'oreille :

— Laisse faire. Ceux qui possèdent l'intégrité de leur esprit, de leur corps ou de leur âme ne sauraient être tolérés à Nadsokor.

Tristelune regarda son compagnon et il y avait des larmes dans ses yeux.

— Votre cynisme est aussi répugnant que leurs actes !

— Je n'en doute pas. Mais nous n'avons qu'un seul but : recouvrer la Bague des Rois. Et cela uniquement.

— Quelle importance quand... ?

Mais Elric avait repris sa marche et, après un instant d'hésitation, Tristelune le suivit.

Ils se trouvaient maintenant de l'autre côté de la place, devant le palais d'Urish. Quelques-unes des colonnes s'étaient écroulées, mais quelques tentatives de restauration et même de décoration étaient visibles sur ce bâtiment, à la différence de tout autre.

L'arche qui surmontait l'entrée principale avait été peinte de motifs grossiers représentants les Arts de la Mendicité et de l'Extorsion. Un exemplaire de chacune des monnaies en usage dans les Jeunes Royaumes avait été incrusté dans le bois du battant et, plus haut, deux béquilles croisées avaient été clouées comme des épées, sans doute dans l'intention ironique de proclamer que les armes du mendiant consistaient à éveiller l'horreur et le dégoût chez celui qui avait été mieux loti que lui.

Dans les ténèbres, Elric observait le palais avec un regard calculateur.

— Il n'y a pas de gardes, dit-il à Tristelune.

— Pourquoi devrait-il y en avoir ? Qu'est-ce qu'ils auraient à garder ?

— Il y en avait la dernière fois que je suis venu à Nadsokor. Urish protège jalousement son trésor. Il ne redoute pas les étrangers mais la méprisable racaille qui l'entoure.

— Peut-être ne la craint-il plus...

Elric sourit.

— Un être comme Urish se méfie de tout. Nous ferions bien d'être sur nos gardes en pénétrant dans le hall. Il se pourrait qu'un piège nous ait été tendu. Au moindre signe, tiens-toi prêt à tirer l'épée.

— Mais Urish ne peut certainement pas se douter que nous savons d'où venait la fille ?

— Ay ! Il est vrai qu'il se peut que nous l'ayons appris par chance, mais nous n'en devons pas moins faire la part de sa fourberie.

— Mais il ne peut souhaiter vous attirer ici — pas avec l'Epée Noire à votre côté.

— Peut-être...

Ils s'avancèrent sur le forum. Tout n'était que silence

et obscurité. De très loin, parfois, venait un cri, un rire, un appel obscène.

Ils étaient maintenant devant la porte, sous les béquilles en croix.

Sous ses haillons, Elric chercha la poignée de son épée. De la main gauche, il fit pression sur le battant qui s'entrouvrit dans un grincement. Ils regardèrent autour d'eux pour voir si le bruit n'avait pas attiré l'attention de quelqu'un, mais la place était toujours déserte.

Une nouvelle pression. Un nouveau grincement. Ils réussirent à se glisser par l'entrebâillement.

Ils se trouvaient à présent dans le hall. Une faible clarté provenait des braseros où des ordures se consumaient. Une fumée huileuse montait en tourbillons vers les poutres de la toiture. Ils entr'aperçurent vaguement le dais, à l'autre extrémité du hall. Urish était là, assis sur son trône grossier. Le hall semblait aussi désert que le forum mais, pourtant, la main d'Elric ne quittait pas la poignée de Stormbringer.

Un son le mit en alerte, mais il vit que ce n'était qu'un énorme rat noir qui détalait devant eux.

Le silence régna à nouveau.

Elric s'avança avec prudence, pas à pas, suivi de Tristelune.

Comme il approchait du trône, Elric sentit un peu de confiance regagner ses pensées. Après tout, il se pouvait qu'Urish se fût endormi sur son pouvoir. Il ne lui resterait plus alors qu'à ouvrir le coffre, à reprendre l'anneau et à quitter la cité avant l'aube pour rejoindre la caravane de Rackhir l'Archer Rouge qui faisait route sur Tanelorn.

Il se détendit quelque peu, mais la prudence guidait toujours ses pas. Tristelune s'était brusquement arrêté. Il penchait la tête comme s'il prêtait l'oreille à quelque bruit.

— Qu'y a-t-il ? demanda Elric.

— Rien peut-être. Ou bien est-ce encore l'un de ces gros rats. Mais c'est seulement...

Un rayonnement d'un bleu argenté jaillit derrière le

trône grotesque et Elric porta la main à ses yeux tout en essayant de dégager son épée de ses haillons.

Avec un hurlement, Tristelune se rua vers la porte. Même en tournant le dos à la clarté, Elric ne pouvait plus rien voir. Stormbringer, dans son fourreau, émit une sorte de mugissement de rage. Elric essaya de la tirer, mais toute force semblait quitter son bras. Ses membres refusaient de lui obéir. Derrière lui retentit un rire qu'il connaissait bien. Puis un autre — qui était comme une toux.

La vision lui revint, mais il était maintenu par des mains visqueuses et, lorsqu'il vit ceux qui l'avaient capturé, il fut agité d'un frisson de dégoût. Car il était à la merci de créatures d'ombres vomies des limbes, de goules invoquées par la sorcellerie. Il y avait un sourire sur leurs faces de morts, mais leurs yeux restaient morts. Il sentit que la chaleur quittait son corps en même temps que la force, comme si les goules s'en nourrissaient. Il lui semblait sentir la vie s'écouler de lui.

Et, à nouveau, le rire retentit. Elric regarda dans la direction du trône et vit apparaître la haute silhouette saturnine de Theleb K'aarna qu'il avait laissé pour mort près du Château Kaneloon quelques mois auparavant.

Tout en contemplant Elric aux prises avec les goules, le sorcier souriait dans sa barbe frisée. Alors, la répugnante carcasse d'Urish Sept-Doigts se dressa de l'autre côté du trône, serrant Hâcheviande sous son bras gauche.

Elric pouvait à peine redresser la tête, tant les goules s'étaient régalées de sa force, mais il parvint à sourire de sa propre folie. Il ne s'était pas trompé en soupçonnant un piège, mais quelle erreur n'avait-il pas commise en s'y jetant sans être préparé.

Et où était donc Tristelune ? L'avait-il abandonné ? L'Homme de l'Est était invisible.

Urish se pavana un instant auprès du trône avant d'y vautrer sa repoussante personne. Puis il posa Hâcheviande devant lui et ses yeux minuscules et pâles fixèrent le Melnibonéen.

Theleb K'aarna se tenait à ses côtés, debout, et le

triomphe flamboyait dans son regard comme les brasiers funéraires d'Imrryr.

— Heureux de t'accueillir une fois encore à Nadsokor, fit Urish d'un ton sifflant tout en se grattant l'entrejambe. Je suppose que tu es revenu pour faire amende honorable.

Le froid s'infiltrait dans tous les os d'Elric et il frissonna. Stormbringer vibrait à son flanc mais il ne pouvait espérer son aide que s'il parvenait à la tirer de sa main. Il savait qu'il se mourait.

— Je suis venu reprendre mon bien, dit-il entre ses dents tremblantes. Mon anneau.

— Ah !... La Bague des Rois. Elle était à toi, n'est-ce pas ? Je crois que ma fille y a fait allusion.

Urish ricana.

— Je ne saurais le nier. Mais je ne m'attendais pas à ce que le Loup Blanc d'Imrryr se jette si aisément dans mon piège.

— Il l'aurait évité une fois encore si tu n'avais pas ce jeteur de sort amateur pour t'aider !

Theleb K'aarna prit une expression menaçante, puis retrouva son calme triomphant et demanda :

— Mes goules ne te dérangent-elles pas quelque peu ?

Haletant, Elric sentait l'ultime trace de chaleur quitter son corps. Il ne pouvait plus faire un mouvement. Il était désormais livré aux mains gluantes des créatures mortes. Theleb K'aarna avait dû préparer ce plan des semaines durant car il fallait nombre de pactes et d'invocations auprès des gardiens des Limbes pour attirer des goules sur la Terre.

— Ainsi, je meurs, murmura Elric. Ma foi, je suppose que cela m'est indifférent...

Urish redressa son visage atroce en une parodie d'orgueil.

— Non, tu ne mourras pas encore, Elric de Melniboné. Le jugement doit encore être rendu ! Et les formalités respectées ! Par mon couperet, je dois te condamner pour les crimes commis contre Nadsokor et contre le Trésor Sacré du Roi Urish !

Elric l'entendait à peine. Ses jambes n'existaient plus et les goules resserraient encore leur étreinte.

Il eut vaguement conscience d'entendre la foule des mendiants affluer dans le hall. Ils avaient attendu ce moment, se dit-il. Tristelune était-il mort sous leurs coups en voulant fuir le hall ?

— Redressez-lui la tête ! ordonna Theleb K'aarna à ses servantes mortes. Qu'il voie Urish, Roi de Tous les Mendiants et qu'il assiste à sa sentence !

Elric sentit une main de glace sous son menton, une autre sous sa nuque et il eut la vision brumeuse d'Urish qui brandissait Hâcheviande de sa main à quatre doigts, agitant la lame vers le plafond enfumé.

— Elric de Melniboné, tu es convaincu de plusieurs crimes contre l'Ignoble des Ignobles, moi, Urish de Nadsokor. Tu as offensé l'ami du Roi Urish, le plus plaisamment dégénéré des misérables, Theleb K'aarna.

Theleb K'aarna, à ces mots, plissa les lèvres mais n'osa l'interrompre.

« ... et, de plus, il est revenu une deuxième fois à la Cité des Mendiants pour perpétrer ses crimes. Par mon grand couperet Hâcheviande, symbole de mon pouvoir et de ma dignité, je te condamne à Châtiment du Dieu Ardent !

Les ovations de la foule atroce montèrent de la Cour des Mendiants. Elric se souvint alors d'une légende concernant Nadsokor et qui disait que les gens de la cité, quand ils avaient été frappés par le fléau, avaient fait appel au Chaos, le suppliant de nettoyer la cité par tous les moyens, par le feu si nécessaire. Et le Chaos leur avait joué un tour affreux en leur envoyant le Dieu Ardent qui avait brûlé jusqu'à leurs derniers biens. Lorsqu'ils avaient alors fait appel à la Loi pour leur venir en aide, le Dieu Ardent avait été emprisonné dans la cité par le Seigneur Donblas. Les rescapés, qui en avaient assez des Seigneurs d'En Haut, avaient alors abandonné la cité. Mais se pouvait-il que le Dieu Ardent fût encore dans Nadsokor ?

Très loin, Elric entendit la voix d'Urish :

— Emmenez-le jusqu'au labyrinthe et donnez-le au Dieu Ardent !

Theleb K'aarna prit alors la parole mais Elric ne parvint pas à discerner ses mots, cependant, il saisit la réponse d'Urish.

— Son épée ? Mais comment le protégerait-elle d'un Seigneur du Chaos ? Et puis, si on la tire de son fourreau, qui peut dire ce qui peut s'ensuivre ?

Theleb K'aarna était réticent, mais il se rangea aux raisons d'Urish.

Puis la voix du sorcier de Pan Tang résonna impérieusement dans le hall.

— Choses des Limbes ! Libérez-le ! Sa force vitale a été votre récompense ! Retirez-vous, à présent !

Elric tomba sur les dalles boueuses. Il n'avait plus la moindre force et n'esquissa pas un geste lorsque les mendiants s'avancèrent pour s'emparer de lui.

Il ferma les yeux et ses sens l'abandonnèrent tandis qu'on l'emportait à travers le hall et qu'il entendait les voix moqueuses et triomphantes du Roi des Mendiants et de l'enchanteur de Pan Tang.

4

LE CHÂTIMENT DU DIEU ARDENT

— PAR la fiente de Narjhan, il est froid !

La voix rauque du mendiant parvint à l'esprit d'Elric. Il était toujours sans force mais un peu de la chaleur des mendiants avait réussi à pénétrer dans la glace de ses os.

— Voilà le portail.

Il lutta pour ouvrir les paupières.

Il avait la tête en bas mais réussit néanmoins à discerner ce qui se trouvait devant lui.

Cela brillait.

C'était comme la peau iridescente d'un animal que l'on aurait tendue en travers du tunnel.

Les mendiants le balancèrent en arrière puis le projetèrent vers la peau.

Elle était gluante.

Elle se collait à lui et il eut le sentiment qu'elle l'absorbait. Il tenta de lutter mais il était bien trop faible. Il eut la certitude que la fin était imminente.

Pourtant, après de longues minutes, il en sortit et s'effondra sur le sol de pierre, le souffle haletant, dans les ténèbres du tunnel.

Il pensa qu'il se trouvait dans le labyrinthe dont Urish avait parlé.

En tremblant de tous ses membres, il essaya de se redresser en prenant appui sur son épée. Il parvint enfin à s'asseoir le dos contre la paroi voûtée.

Il fut surpris. Les pierres semblaient chaudes. Peut-être n'était-ce qu'un effet de contraste dû au froid intense qu'il éprouvait en lui?

Cette simple réflexion le fatigua. Cette chaleur, qu'elle qu'en fût la source, était la bienvenue. Il pressa le dos contre le mur pour en profiter un peu plus.

Il éprouva alors une sensation qui confinait à l'extase et inspira profondément. Les forces lui revenaient lentement.

— Dieux, murmura-t-il, les steppes de Lormyr elles-mêmes ne sont pas aussi glacées...

Il inspira à nouveau et fut pris d'une toux.

Il comprit que la drogue qu'il avait avalée ne faisait plus son effet.

Il s'essuya les lèvres du revers de la main et cracha. Il avait l'impression que la puanteur de Nadsokor s'était insinuée dans ses narines.

En titubant, il retourna vers le portail. L'étrange peau brillait toujours en travers du tunnel. Il avança la main, appuya, et elle céda peu à peu sous sa pression. Il pesa alors de tout son corps mais elle résista, cette fois. Cela ressemblait à une membrane mais Elric savait que ce n'était pas vivant. Etait-ce donc avec cette matière que les Seigneurs de la Loi avaient scellé le tunnel pour y enfermer l'ennemi, Seigneur du Chaos?

Elle constituait l'unique source de clarté du lieu.

— Par Arioch, Roi Mendiant, je vais inverser les rôles! marmonna Elric. Rejetant ses haillons, il porta la main au pommeau de son épée runique. La grande lame se mit alors à ronronner comme un chat. Il la tira de son fourreau et elle se mit à chanter, doucement, un chant de félicité. Elric sentit la force qui montait au long de son bras et un sifflement s'échappa de ses lèvres lorsqu'elle se déversa en lui. Stormbringer lui transmettait toute la puissance dont il avait besoin, mais il savait que, très bientôt, il lui faudrait la payer en contrepartie, la gaver d'âmes et de sang afin de renouveler son énergie.

— Je vais tailler ce portail en charpie et livrer Nadsokor au Dieu Ardent! Frappe sans hésiter, mon

Epée Noire ! Que les flammes dévorent la vermine de ces lieux !

Il porta un grand coup à la paroi palpitante. Mais la membrane ne céda pas et Stormbringer se mit à ululer. Il n'y avait pas la moindre cicatrice dans l'étrange matière qui barrait le tunnel. Et Elric dut lutter de toutes ses forces pour arracher la lame runique. Il recula, pantelant.

— Ce portail a été conçu afin de résister aux atteintes du Chaos, murmura-t-il. Mon épée ne peut rien contre lui. Ainsi, si je ne puis rebrousser chemin, il faut aller de l'avant.

L'épée en main, il s'avança dans le passage. Un coude, puis un autre, un troisième encore et nulle clarté ne lui parvint plus. Il porta la main à la bourse où il conservait le silex et l'amadou, mais il découvrit que les mendiants la lui avaient bien sûr arrachée. Il décida alors de revenir sur ses pas. Mais il s'était trop profondément avancé dans le labyrinthe et il lui apparut qu'il ne réussirait pas à retrouver le portail.

— Pas de portail, se dit-il, mais pas de Dieu non plus, à ce qu'il semble... Peut-être y a-t-il une autre issue. Si la porte est faite de bois, Stormbringer me frayera facilement un chemin vers la liberté.

Il poursuivit donc son chemin, tournant mille fois dans les ténèbres avant de s'arrêter à nouveau.

Il venait de se rendre compte qu'il faisait plus chaud. En fait, le froid avait été remplacé par une température à peine supportable. Il ruisselait de sueur. Il ôta ses haillons pour ne garder que sa chemise et sa culotte. Sa gorge était desséchée.

Un nouveau coude et il distingua de la lumière. Mais ce n'était pas le jour, non plus que la lueur de la membrane. C'était le reflet d'un feu, ou de brandons issue d'un foyer.

Les parois du tunnel se dessinaient clairement, à présent. La maçonnerie, contrairement à celle de Nadsokor, était ici exempte de crasse. La pierre grise était nue et pure dans la clarté rouge.

La source de cette clarté se trouvait immédiatement au-delà du dernier coude. Mais la chaleur était trop intense et la souffrance s'infiltrait dans sa chair qui exsudait des flots de sueur.

— AAHH !

Comme il abordait le tournant, une voix énorme emplit le tunnel. Il découvrit les flammes d'un brasier qui dansait à moins de trente mètres de là.

— AAHHH ! ENFIN !

C'était le brasier qui parlait.

Et Elric sut alors qu'il se trouvait devant le Dieu Ardent.

— Nous n'avons pas à nous quereller, Mon Seigneur du Chaos, lança-t-il, car je sers moi aussi le Chaos !

— Mais je dois manger, rétorqua la voix du brasier. CHECKALAKH DOIT MANGER !

— Pour toi, je ne saurais être qu'une bien piètre nourriture, dit Elric d'un ton raisonnable, tout en refermant ses deux mains sur la poignée de Stormbringer et en faisant deux pas en arrière.

— Ay, mendiant ! Tu es tel que tu es ! Mais tu es aussi la seule nourriture qu'ils me prodiguent !

— Je ne suis pas un mendiant !

— Mendiant ou pas, Checkalakh va te dévorer !

Les flammes vacillèrent et une forme se dessina. Elle était humaine, mais faite entièrement de flammes. Des mains ardentes se tendirent vers Elric.

Il fit demi-tour.

Et il se mit à courir.

Et Checkalakh, le Dieu Ardent, s'élança derrière lui comme une traînée de feu.

La douleur jaillit dans l'épaule d'Elric et il sentit une odeur de roussi qui montait de sa chemise. Il courut plus vite encore, sans même savoir où il allait.

Et le Dieu Ardent était toujours à ses trousses.

— Arrête-toi, mortel. Ta fuite est vaine ! Tu ne saurais échapper à Checkalakh du Chaos !

Avec l'humour du désespoir, Elric lui cria :

« Je ne veux pas finir comme un porc rôti ! Pas même… pas même par un dieu ! »

Checkalakh répliqua alors, et sa voix était comme le rugissement d'un feu dans une cheminée : « Ne me défie pas, mortel ! C'est un honneur que de nourrir un dieu ! »

La chaleur et la course épuisaient Elric. Une sorte de plan s'était esquissé dans son esprit quand il avait rencontré le Dieu Ardent. C'était pour cette raison qu'il s'était mis à courir sans but.

Mais Checkalakh se rapprochait, à présent, et il fut bien forcé de se retourner.

— Tu me sembles bien faible pour être l'un des puissants Seigneurs du Chaos, railla-t-il, haletant, tout en levant son épée.

— C'est mon long séjour ici qui m'a affaibli, dit Checkalakh, sinon je t'aurais depuis longtemps attrapé ! Mais je ne vais pas tarder à me saisir de toi, mortel ! Car il faut que je te dévore !

Stormbringer émit une plainte de défi et sa lame frappa la tête de feu du Dieu affaibli. La joue droite du Seigneur du Chaos devint plus pâle et quelque chose fut absorbé par la lame noire, quelque chose qui se déversa dans le cœur d'Elric et le fit trembler de terreur et de joie. Un peu de la force vitale du Dieu Ardent venait de pénétrer son organisme.

Des yeux de flammes observèrent l'Epée Noire, puis Elric. Des sourcils de flammes se froncèrent et Checkalakh s'arrêta, hésitant.

— Tu n'es pas un mendiant ordinaire, c'est vrai.

— Je suis Elric de Melniboné et je porte l'Epée Noire. Le Seigneur Arioch est mon maître — c'est une entité plus puissante que tu ne l'es, Seigneur Checkalakh.

Il y eut comme de la tristesse dans le frémissement du corps de flammes.

— Ay ! Nombreux sont ceux qui sont plus puissants que moi, Elric de Melniboné.

Elric essuya la sueur de son front. Il aspira désespérément l'air torride.

— Alors, pourquoi... pourquoi ne pas unir ta puissance à la mienne. Ensemble, nous pourrons briser le portail et tirer vengeance de ceux qui ont conspiré afin de nous emprisonner ensemble.

Checkalakh secoua la tête et des flammèches en jaillirent.

— Le portail ne s'ouvrira qu'avec ma mort. Ainsi en a décidé le Seigneur de la Loi Donblas, qui m'a condamné à ce séjour. Même si je parvenais à abattre le portail — je n'y gagnerais que la mort. Ainsi puissant mortel, il faut bien que je te combatte et te dévore.

Et, à nouveau, Elric fut contraint de prendre la fuite, cherchant désespérément le portail, sachant que l'unique clarté dans le labyrinthe ne venait pour l'heure que du Dieu Ardent lancé à sa poursuite. Même s'il parvenait à le vaincre, il demeurerait prisonnier du labyrinthe.

Et puis, tout à coup, il vit qu'il était revenu à l'endroit exact où il s'était retrouvé après avoir été jeté à travers la membrane.

— Il est possible de franchir le portail pour entrer dans ma prison! lança Checkalakh, mais pas pour la quitter!

— Je le sais bien! dit Elric en assurant sa prise sur son épée et en se retournant pour affronter la chose de flammes.

Elric, tout en parant les coups du Dieu Ardent à grand renfort de revers, se mit à éprouver de la sympathie pour son adversaire. La créature avait répondu à l'appel des humains et avait été emprisonnée en témoignage de reconnaissance.

Les vêtements d'Elric avaient été complètement brûlés, à présent, et la chaleur commençait à le terrasser en dépit des bouffées de force que Stormbringer lui envoyait à chaque coup qu'il portait au Dieu Ardent. Il ne suait plus. Sa peau desséchée n'allait pas tarder à se fendiller. Des cloques s'étaient formées sur ses mains blêmes. Bientôt, il ne pourrait plus tenir son épée.

— Arioch! lança-t-il dans un souffle rauque. Bien que cette créature soit un Seigneur du Chaos, aide-moi à l'abattre!

Mais Arioch ne lui accorda pas la moindre assistance. Il avait déjà appris que des choses plus importantes se tramaient au-dessus de la Terre et que son patron démon avait peu de temps à consacrer, même au favori de ses mortels protégés.

Pourtant, par habitude, Elric continua de murmurer le nom d'Arioch, et son épée balaya les mains embrasées de Checkalakh, puis son épaule de feu, et un peu plus de force du Dieu du Chaos se déversa en lui.

Entre ses mains, Stormbringer elle-même lui semblait maintenant brûlante. La douleur était l'ultime sensation qu'il éprouvait. Il recula en titubant jusqu'à la membrane iridescente et s'appuya contre le tissu charnu. Il vit qu'il ne portait plus que quelques lambeaux calcinés et que les pointes de ses longs cheveux commençaient à fumer.

Mais Checkalakh n'était-il pas en train de faiblir ?

Ses flammes brillaient avec moins d'éclat et une expression de résignation se lisait sur son visage de feu.

Alors, Elric fit appel à sa souffrance comme unique source de force, et ce fut sa souffrance qui fit se lever Stormbringer au-dessus de sa tête, pour l'abattre ensuite avec une violence immense sur la tête du Dieu Ardent.

Et comme la lame s'enfonçait, les flammes moururent. Et Elric hurla sous la vague colossale d'énergie qui se déversait dans son corps. Et il tomba en arrière, lâchant Stormbringer, la chair torturée par le flot qu'elle ne pouvait contenir. Il roula sur le sol en gémissant, ses jambes battirent l'air et il leva des mains suppliantes et noircies vers la voûte. Il n'y avait pas de larmes dans ses yeux et il lui semblait que même son sang s'était évaporé de son corps.

— Arioch ! Sauve-moi ! (Il frissonnait et hurlait.) Arioch ! Empêche cela !

Il était plein de l'énergie d'un dieu et c'était plus que le corps d'un mortel n'en pouvait supporter.

— Aahhh ! Délivre-moi de ça !

Il vit alors un visage tranquille et beau penché sur lui. Celui de l'homme tellement plus grand que lui... Et il sut alors que ce n'était pas un homme mais un dieu qu'il contemplait.

— C'est fini ! dit une voix, et elle était pure et douce.

Et, bien que la créature n'eût pas esquissé un geste, il

sentit des mains le caresser doucement et la souffrance le quitta tandis que la voix reprenait :

« Il y a bien des siècles, moi, Seigneur Donblas, Faiseur de Justice, je suis venu à Nadsokor pour la libérer de l'emprise du Chaos. Mais il était trop tard. Le mal avait entraîné le mal, comme il en sera toujours, et je ne pouvais pas trop interférer dans les affaires des mortels, car la Loi a fait vœu de laisser l'humanité responsable de son destin, si tant est que cela soit possible. Pourtant, la Balance Cosmique penche maintenant comme une horloge au ressort brisé et des forces terribles sont à l'œuvre sur Terre. Toi, Elric, tu es un serviteur du Chaos, pourtant tu as servi plus d'une fois la Loi. On a dit que l'humanité porte en elle son destin et il se peut que ce soit vrai. Ainsi donc, je te viens en aide, bien que je le fasse en dépit de mon serment...

Alors, Elric ferma les yeux et il se sentit en paix, pour la première fois, aussi loin qu'il se souvînt.

La souffrance avait disparu mais une énergie énorme l'emplissait encore. Lorsqu'il rouvrit les paupières, le visage pur et beau s'était effacé, ainsi que la membrane scintillante qui avait barré le tunnel. Stormbringer était sur le sol, non loin de là. Il la ramassa et la remit dans son fourreau. Il vit que les cloques avaient disparu de ses mains et que ses vêtements étaient intacts.

Avait-il donc rêvé tout cela ? Ou bien seulement une partie ?

Il secoua la tête. Il était libre. Et fort. Et son épée était à son côté. Maintenant, il pouvait regagner le hall du Roi Urish et prendre sa revanche sur le maître des mendiants ainsi que sur Theleb K'aarna.

Un bruit de pas lui parvint alors et il se rencoigna dans l'ombre. Il y avait des fissures dans la voûte par lesquelles filtraient quelques rais de lumière et il sut qu'il n'était plus très loin de la surface. Il reconnut immédiatement celui qui apparut :

— Tristelune !

Le petit Homme de l'Est eut un sourire de soulagement et rangea ses épées.

— Je suis venu afin de vous prêter main forte, mais je vois que vous n'avez pas besoin d'aide !

— Plus ici. Le Dieu Ardent n'est plus. Je te raconterai cela plus tard. Et toi, que t'est-il advenu ?

— Lorsque j'ai compris que nous étions tombés dans un piège, j'ai couru vers la porte en me disant qu'il valait mieux que l'un de nous demeure libre, et je savais que c'était vous qu'ils voulaient. Mais j'ai vu alors la porte s'ouvrir et j'ai compris qu'ils nous avaient attendus là. (Tristelune plissa le nez et tapota les haillons qu'il portait toujours.) Alors je me suis glissé dans l'un de ces tas de détritus qui jonchent le hall d'Urish. J'y suis resté et j'ai écouté ce qui se passait. Dès que cela m'a été possible, j'ai gagné le tunnel dans l'espoir de vous aider de mon mieux.

— Et où se trouvent Urish et Theleb K'aarna. Urish n'était pas vraiment satisfait de son plan pour vous attirer dans un piège car il redoute vos pouvoirs...

— Et il a bien raison. Quoi encore ?

— Ay ! Eh bien, il semble aussi qu'Urish ait entendu les mêmes rumeurs que nous, à savoir que la caravane revenait vers Tanelorn. Urish a quelque connaissance de la cité — bien peu, selon moi — et il nourrit une haine irraisonnée à son égard, sans doute parce qu'elle est tout ce que Nadsokor n'est pas.

— Il médite d'attaquer la caravane de Rackhir ?

— Ay ! Et Theleb K'aarna doit invoquer des créatures de l'Enfer pour assurer le succès de l'opération. Et je crois bien que Rackhir ne peut avoir recours à la sorcellerie...

— Il a jadis servi le Chaos, mais ceux qui vivent à Tanelorn ne sauraient avoir de maîtres surnaturels.

— C'est ce que j'ai déduit de leur conversation.

— Et quand attaqueront-ils ?

— Ils sont déjà partis. Dès qu'ils en ont eu fini avec vous. Urish est impatient.

— Cela ne ressemble pas aux mendiants que d'attaquer directement une caravane.

— Mais ils n'ont pas toujours un puissant sorcier à leurs côtés.

— C'est vrai, admit Elric en fronçant les sourcils. Sans la Bague des Rois, mes propres pouvoirs se trouvent limités. Ses qualités surnaturelles me font reconnaître comme membre de la Lignée Royale de Melniboné, celle-là même qui conclut tant de pactes avec les élémentaires. Il faut avant tout que je retrouve mon anneau. Ensuite seulement nous pourrons aller à la rescousse de Rackhir.

Tristelune gardait les yeux obstinément baissés sur le sol.

— Ils ont dit quelque chose à propos de la garde du Trésor d'Urish. Il n'y a que quelques hommes armés dans le hall.

Elric eut un sourire.

— Désormais, je suis prêt, Tristelune, et j'ai en moi la puissance du Dieu Ardent. Je crois que nous pourrons venir à bout d'une armée entière.

Le visage de son compagnon s'anima.

— Alors, je vous précède sur le chemin du hall. Venez. Par là, nous atteindrons une porte qui ouvre tout près du trône.

Ils s'élancèrent en courant dans le passage et atteignirent bientôt la porte à laquelle Tristelune avait fait allusion.

Elric ne perdit pas de temps : il sortit son épée et défonça le battant. Ce ne fut qu'en surgissant dans le hall qu'il s'arrêta. Les lieux étaient baignés par la lumière du jour, mais toujours aussi déserts. Il n'y avait plus nul mendiant pour les attendre. Mais, sur le trône d'Urish, une chose grasse et écailleuse, verte, jaune et noire avait pris la place du roi des mendiants.

De son mufle au sourire horrible s'écoulait un filet de bile brunâtre. Elle leva une de ses multiples pattes en une parodie ignoble de salut.

— Bienvenue, grinça la créature, et prenez garde, car je suis le gardien du trésor d'Urish.

— Une chose de l'Enfer, dit Elric. Un démon invoqué par Theleb K'aarna. Il a dû ruminer ses invocations depuis fort longtemps, à mon sens, s'il peut ainsi commander à autant d'abominables serviteurs.

Plissant le front, il saisit Stormbringer, la soupesa et découvrit que, de façon étrange, la lame runique ne semblait nullement affamée.

— Je te préviens, siffla le démon. Nulle épée ne peut

m'abattre, pas même celle-ci. Tel est mon pacte de garde...

— Qu'est-ce donc ? chuchota Tristelune sans quitter le démon des yeux.

— Tous ceux qui ont un pouvoir sorcier font appel à cette race de démons. C'est un gardien. Il ne nous attaquera que si nous l'attaquons. Il est virtuellement invulnérable aux armes humaines et, dans son cas, il dispose d'une parade contre les épées, qu'elles soient ou non surnaturelles. Si nous l'attaquions, toutes les forces de l'Enfer nous affronteraient et nous pourrions bien ne pas y survivre.

— Mais vous venez de défaire un dieu ! Ce démon n'est rien à côté !

— Un dieu faible, lui rappela Elric. Et ceci est un démon très puissant, car il représente tous ceux qui peuvent s'unir afin de respecter le pacte de garde.

— N'avons-nous aucune chance de le vaincre ?

— Si nous devons secourir Rackhir, il est inutile d'essayer. Il nous faut retrouver des montures et prévenir la caravane. Plus tard, peut-être, nous pourrons revenir ici et envisager de jouer de la sorcellerie contre ce démon...

Elric se tourna alors vers le trône, fit une révérence moqueuse et retourna son salut au démon.

— Adieu, détestable créature. Puisse ton maître ne jamais te libérer afin que tu croupisses à jamais dans cette fange !

De rage, le démon se mit à baver.

— Mon maître est Theleb K'arna, l'un des plus puissants sorciers parmi ceux de ton espèce !

Elric secoua la tête.

— Il n'est pas de mon espèce. Bientôt, je le détruirai et tu resteras là jusqu'à ce que j'aie trouvé le moyen de te défaire.

D'un air quelque peu irrité, le démon croisa ses bras multiples et ferma les yeux.

Elric et Tristelune traversèrent le hall couvert d'immondices en direction de la porte. Ils étaient sur le point de vomir quand ils atteignirent les marches conduisant au forum. Les potions d'Elric avaient disparu avec sa bourse et ils n'avaient plus aucun moyen de se protéger contre la puanteur. En dévalant les marches, Tristelune cracha, puis, levant les yeux, il tira ses deux épées.

— Elric !

Plusieurs dizaines de mendiants se ruaient sur eux, brandissant des haches, des couteaux et des bâtons.

Elric éclata de rire.

— Une petite friandise pour toi, Strombringer !

Il sortit son épée runique qui se mit à mugir tandis qu'il la faisait tournoyer autour de sa tête tout en se précipitant au-devant des mendiants. Deux d'entre eux comprirent et battirent en retraite, mais tous les autres affrontèrent les deux compagnons.

Avant que les premières gouttes de sang aient souillé le sol, Elric avait déjà fait voler une tête et entaillé l'épaule d'un deuxième adversaire.

Tristelune se lança dans la mêlée avec ses deux fines épées et affronta deux mendiants à la fois. Elric abattit pour la troisième fois Stormbringer et l'homme hurla dans un spasme à l'instant où la lame noire buvait avidement et son âme et sa vie.

Le chant de Stormbringer était sardonique, à présent. Trois des survivants jetèrent leurs armes et ils étaient déjà au centre de la place lorsque Tristelune transperça simultanément le cœur des deux adversaires tandis qu'Elric réduisait en charpie sanglante l'ultime poignée de racaille dans un concert de cris et de suppliques.

Il rangea alors Stormbringer, promena son regard sur l'amas écarlate de corps et de membres et il se lécha les lèvres comme après un bon festin. Il surprit le frisson de son compagnon et sa main se posa sur son épaule.

— Viens. Allons prêter main-forte à Rackhir !

Tout en suivant l'albinos, Tristelune se fit la réflexion qu'Elric avait absorbé aujourd'hui bien plus que la force du Dieu Ardent. Il était maintenant aussi impitoyable que tous les Seigneurs du Chaos.

C'était un véritable guerrier de l'ancienne Melniboné.

5
DES CHOSES QUI NE SONT PAS DES FEMMES

LES mendiants avaient été trop pris par leur triomphe sur l'albinos et par leurs plans d'attaque de la caravane de Tanelorn pour se mettre en quête des montures sur lesquelles Elric et Tristelune étaient arrivés à Nadsokor.

Les deux compagnons les retrouvèrent à l'endroit même où ils les avaient laissées la nuit d'avant. Les magnifiques destriers Shazariens broutaient comme s'ils n'avaient attendu leurs maîtres que quelques minutes.

Elric et Tristelune montèrent en selle et, bientôt, ils chevauchaient de toute la force de leurs montures vers le nord-nord-est, là où ils devaient logiquement couper la route de la caravane.

Ils en furent en vue peu après midi. Au fond d'une large vallée, ils découvrirent le long serpent de chariots et de chevaux, l'éclat des soies somptueuses aux coloris les plus vifs, le rutilement des harnachements... Et, tout autour, l'armée loqueteuse et bigarrée des mendiants du Roi Urish de Nadsokor.

Elric et Tristelune tirèrent sur les rênes de leurs chevaux en atteignant l'épaulement de la colline et ils observèrent le spectacle.

Il leur fallut quelque temps pour apercevoir enfin Urish et Theleb K'aarna sur la colline d'en face. En voyant le sorcier lever les bras vers le ciel d'un bleu profond, Elric comprit qu'il invoquait déjà l'aide magique promise à Urish.

Un éclair de couleur attira son regard. Rackhir, l'Archer Rouge. Il observa plus attentivement les personnages qui l'entouraient et en reconnut quelques-uns : Brut de Lashmar, aux longs cheveux blonds, dont l'énorme stature semblait menacer d'écrasement son destrier. Carkan, qui avait vécu jadis à Pan Tang mais qui arborait à présent la cape à carreaux et le bonnet de fourrure des barbares du Sud Ilmioriens. Rackhir lui-même était originaire du pays de Tristelune, par-delà le Désert des Larmes. Il avait été Prêtre-Guerrier, mais tous ces hommes avaient renié leurs dieux pour vivre paisiblement dans Tanelorn dont on disait que les Dieux Supérieurs eux-mêmes ne pouvaient y entrer. Tanelorn l'Eternelle, qui se dressait, impérissable, depuis des éons et qui survivrait sans nul doute à la Terre.

Dans l'ignorance totale du plan de Theleb K'aarna, Rackhir ne paraissait nullement préoccupé par l'apparition de l'armée vermineuse des mendiants, dont les instruments de combat semblaient aussi dérisoires que ceux que Tristelune et Elric avaient eu à affronter récemment.

— Il faut que nous traversions leurs troupes pour rejoindre Rackhir, dit Tristelune.

Elric acquiesça sans faire mine de bouger. Son regard demeurait fixé sur la colline d'en face. Theleb K'aarna poursuivait ses incantations et il espérait deviner à quelle entité il faisait appel.

L'instant d'après, Elric lança un cri et éperonna son cheval, le lançant au galop vers le bas de la colline. Tristelune, presque aussi surpris que les mendiants, se lança derrière son compagnon et se fraya un chemin dans la horde loqueteuse à grands coups de son épée longue.

Devant lui, il vit la lumière noire qui émanait de l'épée runique. Le chemin d'Elric était encombré de corps amputés, de têtes au regard horrifié, d'entrailles et de membres.

Le cheval de Tristelune, à force de piétiner la chair et

le sang, était souillé jusqu'au garrot et il renaclait et se cabrait sans cesse. Mais Tristelune, qui craignait de voir se refermer sur lui les rangs de mendiants, le stimulait douloureusement, essayant de ne pas perdre de vue le démon blafard qui leur taillait une piste d'entrailles avec le chant de son épée noire.

Enfin, ils rejoignirent la caravane et quelqu'un cria le nom d'Elric.

C'était Rackhir l'Archer Rouge, vêtu d'écarlate de la tête aux pieds, brandissant un arc rouge, un carquois rouge sur l'épaule, empli de flèches écarlates. Du même écarlate était le crâne qui lui servait de coiffe et qu'il avait orné d'une plume unique et écarlate. Ses traits étaient marqués mais son visage n'était en rien ascétique. Il avait combattu aux côtés d'Elric avant la chute d'Imrryr et c'est ensemble qu'ils avaient découvert les Epées Noires. Puis Rackhir s'en était allé à la recherche de Tanelorn et l'avait trouvée enfin.

Depuis lors, Elric n'avait pas revu Rackhir. Dans le regard de l'archer, il lisait à présent une paix qu'il ne pouvait qu'envier. Rackhir, autrefois Prêtre-Guerrier des Territoires de l'Est, avait servi le Chaos, mais désormais il n'était plus loyal qu'à sa paisible Tanelorn.

— Elric! Es-tu donc venu m'aider à renvoyer Urish et ses mendiants pouilleux là d'où ils viennent?

L'Archer Rouge éclata de rire, visiblement heureux de retrouver son ancien ami.

« Et Tristelune! Quand vous êtes-vous retrouvés? Je ne vous ai pas vu depuis les Territoires de l'Est, savez-vous... »

Tristelune sourit : « Bien des choses sont advenues depuis, Rackhir... »

Lentement, l'archer se gratta le nez.

— Ay! C'est ce que l'on m'a dit...

Elric sauta de selle.

— Le temps n'est pas aux souvenirs, Rackhir. Tu es en plus grand danger que tu ne le crois.

— Comment? Et depuis quand devrait-on redouter la racaille de Nadsokor? Regarde comme ils sont misérablement armés!

— Mais ils ont un sorcier avec eux. Theleb K'aarna

de Pan Tang. Est-ce que tu le vois, là-bas, sur la colline ?

Rackhir fronça les sourcils.

— La sorcellerie... Tu sais que je m'en garde bien peu depuis quelque temps... Et est-il bon, ton sorcier ?

— C'est l'un des plus puissants de Pan Tang.

— Et les magiciens de Pan Tang valent presque ceux de ton peuple, n'est-ce pas, Elric ?

— Je crains qu'ils ne fassent mieux, désormais, car mon Actorios m'a été dérobé par Urish...

Rackhir eut alors un regard étrange à l'adresse de l'albinos, comme s'il lisait sur son visage quelque chose qu'il n'avait pas remarqué tout d'abord.

— Bien, dit-il enfin, je crois que nous devrons nous défendre de notre mieux...

— Si tu libérais tes chevaux afin que chacun de tes hommes dispose d'une monture, nous pourrions nous enfuir avant que l'invocation de Theleb K'aarna ne lui ait amené ce qu'il appelle...

Brut de Lashmar fit alors son apparition. Le géant adressa un sourire à Elric. Brut avait été un héros de Lashmar avant de tomber en disgrâce par ses actes.

Rackhir secoua la tête.

— Mais Tanelorn a besoin du ravitaillement que nous lui apportons.

— Regardez, dit tranquillement Tristelune.

Sur la colline, là où se tenait Theleb K'aarna, un nuage rouge était maintenant apparu et gonflait rapidement, comme du sang dans de l'eau claire.

— Il est parvenu à ses fins, murmura Rackhir. Brut ! Que tous montent en selle ! Nous n'avons pas le temps de préparer nos défenses, mais nous aurons au moins l'avantage d'être montés lorsqu'ils attaqueront !

Brut se mit à tonner de la voix et les hommes de Tanelorn défirent alors les harnachements des chariots tout en préparant leurs armes.

Le nuage rouge se dispersait maintenant et des formes y apparaissaient. Elric essaya de les identifier mais chose impossible à cette distance. Il se remit en selle. Les cavaliers de Tanelorn se formaient en petits groupes qui chargeaient, au moment de l'assaut, droit dans les nuages des mendiants afin de briser leur encerclement. Avec un dernier geste à l'intention d'Elric, Rackhir rejoignit l'un de ces groupes. Le Melnibonéen et Tristelune se retrouvèrent eux-mêmes à la tête d'une dizaine de guerriers armés de pics, de haches et de lances.

Ils entendirent alors le croassement de la voix d'Urish dans le silence pesant.

— Attaquez, mes mendiants ! C'en est fait d'eux !

La horde misérable s'avança sur les flancs de la vallée. Rackhir leva son épée en guise de signal. Les premiers groupes de cavaliers quittèrent alors la caravane et se portèrent au-devant des mendiants.

Rackhir rangea son épée et prit son arc. Sans quitter sa selle, il décocha flèche après flèche en direction des guerriers loqueteux.

Des cris retentirent de toutes parts à l'instant où les cavaliers de Tanelorn pénétrèrent dans les rangs de la racaille. Elric aperçut la cape à carreaux de Carkan au milieu d'un tourbillon de bâtons, de couteaux, de haillons et de membres immondes. Plus loin, la tête de Brut se dressait au-dessus d'un amas répugnant de corps.

— De telles créatures ne sont pas à la mesure des guerriers de Tanelorn, dit Tristelune.

Elric lui montra alors la colline avec une expression sinistre.

— Ils préféreront sans doute leurs nouveaux adversaires.

— Mais ce sont des femmes ! s'exclama Tristelune.

Elric sortit Stormbringer de son fourreau.

— Non, ce ne sont pas des femmes. Ce sont des Elenoin. Ils viennent du Huitième Plan et ils ne sont pas humains. Comme tu le verras.

— Vous les avez reconnus ?

— Mes ancêtres les ont combattus autrefois.

Un ululement suraigu et bizarre leur parvint alors. Il émanait du flanc de la colline. Theleb K'aarna était encore visible, là-bas. Mais c'étaient les créatures à l'apparence de femmes qui poussaient ce cri. Leurs chevelures rousses tombaient en tresses épaisses jusqu'à leurs genoux. Elles étaient absolument nues et dévalaient en dansant la colline en direction de la caravane, tout en faisant tournoyer au-dessus de leurs têtes des épées qui avaient près de cinq pieds de long.

— Theleb K'aarna est fort habile, murmura Elric. Les guerriers de Tanelorn hésiteront avant de frapper des femmes. Et les Elenoin en profiteront pour les frapper, les déchirer, les éventrer...

Rackhir avait déjà affronté les Elenoin et les avait reconnus.

— Ne vous laissez pas abuser, mes hommes ! clama-t-il. Ces créatures sont des démons !

Il regarda Elric avec une expression de résignation. Il connaissait la puissance des Elenoin. Il stimula sa monture et se rapprocha de l'albinos.

— Elric, que pouvons-nous faire ?

Le Melnibonéen soupira.

— Que peuvent des mortels contre les Elenoin ?

— Tu ne connais aucune magie ?

— Avec la Bague des Rois, je pourrais peut-être invoquer les Grahluk. Ce sont les anciens ennemis des Elenoin. Theleb K'aarna a déjà établi un passage vers le Huitième Plan...

— Ne veux-tu donc pas les essayer ? demanda Rackhir d'un ton quelque peu implorant.

— Si je le fais, mon épée ne sera plus disponible pour t'assister. Et je crois qu'elle est en ce moment plus utile que toutes les invocations.

Avec un haussement d'épaules, Rackhir retourna vers ses hommes et reforma leurs rangs. Désormais, il savait que tous allaient mourir.

Les mendiants reculaient, aussi terrifiés par les Elenoin que l'étaient les hommes de Tanelorn.

Les démons se dispersaient sur la colline sans interrompre leur chant aigu et mortel. Ils abaissèrent leurs épées et sourirent.

— Comment peuvent-ils ?... commença Tristelune. Puis il vit leurs yeux. Immenses, orange, des yeux de bête.

« Par les dieux ! souffla-t-il. »

Puis il vit leurs dents — des crocs acérés qui luisaient comme du métal.

Les cavaliers de Tanelorn se repliaient vers les chariots en désordre. Sur tous les visages, on lisait le désespoir, le doute et l'horreur, sauf sur celui d'Elric, qui était habité maintenant par une sombre fureur. Il posa Stormbringer en travers de sa selle et contempla les Elenoin, les démons femelles, avec des yeux flamboyants.

Le chant aigu était devenu si intense que la douleur pénétrait les crânes tandis que les entrailles des hommes étaient à la torture. Les Elenoin levèrent alors leurs bras graciles et firent tournoyer leurs épées immenses au-dessus de leurs têtes en dardant sur les hommes de la caravane le regard de leurs yeux fous, méchants et fixes.

Puis, Carkan de Pan Tang, son bonnet de fourrure de guingois, sa cape à carreaux flottant au vent, poussa un cri étranglé et lança sa monture en fouettant l'air de son épée.

— Arrière, démons ! Arrière, suppôts de l'enfer !

— Aaaahhhhh ! firent les bouches avides des Elenoin.

Puis elles chantèrent : « Iiiiiihhhhh ! »

Et Carkan se retrouva soudain au beau milieu d'un hachoir fait de dizaines de fines épées au fil aigu et il fut bientôt réduit, ainsi que sa monture, à l'état de débris sanglants, de monticule de chair érigé devant les Elenoin. Quelques-uns des démons prélevèrent joyeusement des bouchées encore chaudes et des rires fous jaillirent.

Une rumeur de haine et d'horreur parcourut alors les rangs des hommes de Tanelorn. Les guerriers, rendus à demi déments par le dégoût et la peur, se précipitèrent en hurlant vers les Elenoin qui redoublèrent de rires et firent voltiger leurs lames affûtées.

Elric entendit Stormbringer murmurer en réponse à ces échos de bataille mais il n'esquissa pas un geste. Immobile, il observait la scène. Il savait que les Elenoin tailleraient en pièces avant peu tous les hommes de Tanelorn ainsi qu'ils l'avaient fait de Carkan.

Tristelune gémit.

— Elric ! Il doit bien exister un sort contre eux !

— Il en existe un ! Mais je ne puis invoquer les Grahluk !

La poitrine d'Elric était opressée et son esprit en ébullition.

« Non, Tristelune, c'est impossible ! »

— Pour l'amour de Tanelorn, essaie !

Alors, Elric se porta en avant, Stormbringer hurlant à son poing, et il chargea les guerriers en clamant le nom d'Arioch ainsi que l'avaient clamé ses ancêtres depuis la fondation d'Imrryr !

— Arioch ! Arioch ! Du sang et des âmes pour mon Seigneur Arioch !

Il para la lame tournoyante d'un Elenoin et, pour un instant, son regard rencontra celui des yeux de la bête tandis qu'un frisson nourrissant parcourait son bras. Il frappa alors, et le coup qu'il porta au démon fut dévié par un bras qui n'avait rien de celui d'une femme. Des cheveux roux l'emprisonnèrent dans leurs boucles. Il les trancha frénétiquement et se libéra de leur emprise. Puis il chargea l'Elenoin dénudée qui esquiva en dansant. Alors, il reçut un nouveau coup et fut désarçonné. Le temps de se dégager et de se redresser, il chargea, brandissant à deux mains son épée. Il se déroba devant l'attaque de son adversaire, plongea en avant et la lame runique s'enfonça dans le tendre abdomen de la créature infernale. L'Elenoin poussa un hurlement de fureur tandis qu'une substance verdâtre jaillissait de la blessure. Sans cesser de geindre et de gronder, elle s'effondra, roulant des yeux féroces et fous. Elric lui trancha le cou et la tête roula au loin en lui fouettant le visage de ses cheveux. Il se précipita pour s'en emparer et s'élança alors au flanc de la colline, aux trousses des mendiants d'Urish. Ils s'étaient tous rassemblés là afin de contempler la défaite des guerriers de Tanelorn.

A son approche, ils se dispersèrent et tentèrent de s'enfuir. Mais Stormbringer atteignit l'un d'eux dans le dos. L'homme tomba, tenta de ramper, mais ses genoux se dérobèrent sous lui et il s'affaissa dans l'herbe souillée. Elric se saisit de lui et le jeta par-dessus son épaule. Il redescendit vers le camp. Les guerriers de Tanelorn combattaient avec vaillance mais la moitié d'entre eux avaient déjà été taillés en pièces par les Elenoin.

Pourtant, et cela semblait incroyable, quelques créatures de l'Enfer gisaient sur le terrain.

Elric aperçut Tristelune qui continuait de se battre avec ses deux épées. Et Rackhir, qui n'était pas tombé de selle et continuait de lancer des ordres. Et Brut de Lashmar, au cœur de la mêlée. Mais il ne cessa de courir que lorsqu'il se trouva derrière l'un des wagons et qu'il put déposer son sanglant fardeau. D'un coup d'épée, il ouvrit le corps convulsé du mendiant, prit les cheveux de l'Elenoin et les trempa dans le sang de l'homme.

Puis il se dressa et se tourna vers l'orient, tenant les cheveux ensanglantés de l'Elenoin dans une main, et Stormbringer dans l'autre. Il leva en même temps l'épée runique et la tête et se mit à parler dans la Langue Sacrée de l'ancienne Melniboné.

Il se souvenait de la phrase qu'il avait lue dans le vieux grimoire de son père : *La chevelure d'un Elenoin, trempée dans le sang d'un ennemi et présentée vers l'Ouest, doit invoquer l'adversaire des Elenoin — les Grahluk.*

L'invocation, à présent :

Que les Grahluk viennent, que les Grahluk frappent !
Qu'ils accourent pour défaire leurs ennemis anciens !
Que ce jour voit leur victoire enfin !

La force issue du Dieu Ardent quittait rapidement son corps tant il lui fallait d'énergie pour l'invocation. Et sans doute, depuis que la Bague des Rois avait quitté sa main, dépensait-il en vain ce qui lui restait de puissance.

Que les Grahluk fondent, que les Grahluk happent !
Qu'ils accourent pour défaire leurs ennemis anciens !
Que ce jour voit leur vengeance enfin !

Si le sort était moins complexe que la plupart de ceux qu'il avait pu employer jadis, il n'en était pas moins épuisant.

— Grahluk ! Je vous conjure ! Grahluk, voici l'heure de la revanche sur l'adversaire !

On disait que, bien des cycles auparavant, les Elenoin avaient chassé les Grahluk de leurs domaines du Huitième Plan et que, depuis, les Grahluk étaient à l'affût de la moindre occasion de vengeance.

L'air, autour d'Elric, se mit à frémir. D'abord, il fut brun, puis vert, puis noir enfin.

— Grahluk ! Venez détruire les Elenoin ! Grahluk ! La porte... est ouverte !

La voix d'Elric faiblissait.

C'est alors que le sol se mit à trembler et que des vents étranges soufflèrent dans la chevelure empoissée de sang de l'Elenoin, et l'air tout entier devint épais et violet et Elric tomba à genoux, sans cesser de répéter son invocation, sa gorge n'émettant plus que de vagues sons rauques.

— Grahluk...

Il y eut un bruissement. Un grognement. La puanteur d'une chose innommable.

Les Grahluk étaient là. Des créatures simiesques aussi bestiales et repoussantes que les Elenoin. Elles étaient munies de filets, de cordes et de boucliers, car l'on disait que les Elenoin et les Grahluk, autrefois, avaient reçu l'intelligence et qu'ils avaient appartenu à une seule et même espèce qui s'était divisée.

Les Grahluk surgirent donc de la brume violette en légions silencieuses et contemplèrent Elric, toujours agenouillé au sol. Il désigna alors les ultimes guerriers de Tanelorn qui résistaient aux coups des Elenoin.

— Là... fit-il.

Les Grahluk émirent des grognements belliqueux et se portèrent au-devant des Elenoin.

Les créatures de l'Enfer découvrirent soudain leurs adversaires et leurs glapissements suraigus changèrent de ton tandis qu'elles battaient en retraite au flanc de la colline.

Elric fit appel à ses dernières forces pour se redresser et interpeller Rackhir : « Retire tes hommes ! Les Grahluk vont les remplacer, maintenant...

— Ainsi tu nous aides enfin. Ses effets étaient en lambeaux et une dizaine de blessures marquaient son corps.

Sous leurs yeux, les Grahluk lancèrent leurs filets et leurs lassos vers la horde hurlante des Elenoin dont les épées étaient impuissantes contre les boucliers. Sous leurs yeux, les Elenoin furent étranglés, écrasés, éventrés, et les démons à face de singe purent se repaître goulûment des entrailles qui jonchaient le sol.

Lorsqu'il ne resta plus un Elenoin en vie, les Grahluk ramassèrent toutes les épées tombées, les retournèrent et se jetèrent sur les lames.

— Mais ils se tuent, dit Rackhir. Pourquoi ?

— Ils ne vivaient que pour détruire les Elenoin. Puisque cela est fait, ils n'ont désormais plus aucune raison d'exister.

Elric faillit tomber et Tristelune et Rackhir le retinrent au dernier instant.

— Regardez ! s'exclama Tristelune. Les mendiants s'enfuient !

— Theleb K'aarna, marmonna Elric. Il nous le faut...

— Il sera sans doute retourné à Nadsokor en compagnie d'Urish, dit Tristelune.

— Il faut... il faut que je rentre en possession de la Bague des Rois.

— Il me semble pourtant que tu peux te passer d'elle pour jouer de tes dons de sorcier, remarqua Rackhir.

— Vraiment ? demanda Elric. Il leva la tête et Rackhir ne put que baisser les yeux et acquiescer en silence.

— Nous t'aiderons à retrouver ton anneau, dit-il enfin. Les mendiants ne nous menaceront plus. Nous irons avec toi jusqu'à Nadsokor.

— Je l'espérais ainsi.

Elric eut quelque peine à se mettre en selle sur l'un des chevaux survivants. Il saisit les rênes et s'orienta vers la Cité des Mendiants.

— Peut-être, ajouta-t-il, tes flèches seront-elles plus efficaces que mon épée...

— Je ne te comprends pas, fit Rackhir.

— Nous t'expliquerons en route, dit Tristelune qui se mettait à son tour en selle.

6

LE DÉMON MOQUEUR

Les guerriers de Tanelorn s'avançaient dans la souillure de Nadsokor.

Elric, Tristelune et Rackhir étaient en tête de la compagnie mais il n'y avait nulle trace de triomphe dans leur attitude. Il n'était pas un cavalier pour jeter quelque regard de côté et les mendiants, désormais, ne représentaient plus le moindre danger. Loin d'attaquer, ils se réfugiaient au contraire dans les recoins d'ombre à leur approche.

Grâce à une potion que lui avait préparé Rackhir, Elric avait retrouvé quelque force et, comme ils s'avançaient sur le forum, en direction du palais du Roi des Mendiants, il se tenait très droit en selle.

Ils ne firent pas la moindre halte. Elric lança son destrier sur les marches et pénétra dans le hall plongé dans la pénombre.

— Theleb K'aarna !

La voix d'Elric résonna dans le hall, mais le sorcier ne lui répondit pas.

Les braseros d'ordures se ravivaient au vent qui venait du portail ouvert et une pâle clarté dessina le dais, à l'autre extrémité de la salle.

— Theleb K'aarna !

Mais ce n'était pas le sorcier qui se trouvait agenouillé là-bas, mais une silhouette défaite, en haillons, à demi effondrée devant le trône, et qui sanglotait, gémissait et implorait celui, quel qu'il fût, qui se trouvait en cet instant sur le trône.

Elric fit avancer sa monture et il put voir alors ce qui occupait le trône de Nadsokor.

Le démon qu'il avait rencontré auparavant était affaissé dans le vaste siège de chêne noir, les bras repliés, les yeux clos, semblant ignorer, avec une emphase particulièrement théâtrale, les supplices de la créature qui se prosternait à ses pieds.

Derrière Elric, les guerriers de Tanelorn entrèrent à leur tour dans le hall et, ensemble, ils s'avancèrent jusqu'au dais où ils s'arrêtèrent.

L'être qui était demeuré jusqu'alors recroquevillé devant le trône tourna la tête et chacun put voir que c'était Urish, le Roi des Mendiants. En apercevant le Melnibonéen, il eut une exclamation étouffée et tendit une main balafrée vers son couperet, abandonné à quelque distance.

Elric eut un soupir et lui dit : « Tu n'as pas à me redouter, Urish. Je suis las de répandre le sang. Et je ne veux pas de ta vie.

Le démon ouvrit alors les yeux.

— Prince Elric, dit-il, vous êtes revenu...

Il avait, dans la voix, une infime différence de ton.

— Ay ! Et où est donc ton maître ?

— Je crains qu'il n'ait fui Nadsokor à jamais.

— Et qu'il te faille rester ici pour l'éternité...

Le démon inclina la tête.

La main crasseuse d'Urish se posa sur la jambe d'Elric.

— Elric... Aide-moi... Il faut que je retrouve mon Trésor... Il est tout pour moi ! Détruis le démon et je te rendrai la Bague des Rois.

— Te voilà bien généreux, Roi Urish, dit Elric avec un sourire.

Des larmes ruisselèrent sur le visage immonde d'Urish.

— Je t'en prie, Elric...

— Il est dans mon intention de venir à bout du démon.

— Et ensuite ? demanda Urish d'un ton angoissé.

— Cette décision appartient aux hommes de Tanelorn que tu as tenté de dépouiller et dont les amis ont été assassinés de la façon la plus affreuse.

— C'est Theleb K'aarna seul qui a fait tout cela... pas moi...

— Et où se trouve le sorcier, à présent ?...

— Quand tu as lâché ces êtres à face de singe contre les Elenoin, il a fui le champ de bataille. Il s'est dirigé vers le Fleuve Varkalk... en direction de Troos.

Sans même regarder derrière lui, Elric lança :

— Rackhir ? Peux-tu essayer tes flèches, maintenant ?

Une corde vibra dans le silence et la flèche, dans le même instant, se planta dans le torse du démon. Elle y demeura fichée en vibrant et le démon ne lui accorda qu'un regard distrait avant d'inspirer profondément. La flèche, alors, s'enfonça un peu plus dans sa chair et ne tarda pas à disparaître.

— Aaah ! râla Urish en essayant de se traîner vers son couperet. Jamais ça ne marchera !

Une deuxième flèche jaillit de l'arc rouge de Rackhir et disparut dans la poitrine du démon, de même que la troisième.

En balbutiant, Urish brandit alors Hâcheviande.

Elric se tourna vers lui.

— Méfie-toi, Roi Urish, il a un pacte de garde contre les épées !

Le démon fit jouer ses écailles.

— Cette chose est-elle une épée ?... Je me le demande.

Urish hésitait. Ses yeux rouges roulaient dans leurs orbites et la bave ruisselait sur son menton.

— Disparais, démon ! Rends-moi mon Trésor ! Il est à moi !

Le démon eut un regard sardonique.

Avec un glapissement d'angoisse et de peur, Urish se jeta alors sur lui en dessinant des moulinets avec son couperet. A l'instant où la lame rencontra la tête du démon, il y eut un bruit de métal heurtant le métal, des étincelles jaillirent et Hâcheviande fut fracassé et dispersé en fétus. Urish, tremblant, contempla le démon. Avec désinvolture, celui-ci lança en avant quatre de ses mains pour s'emparer de lui. Ses mâchoires s'écartèrent démesurément et il parut soudain deux fois plus grand. Il porta alors le Roi des Mendiants à sa gueule et, tout à coup, il ne resta plus que deux jambes qui s'agitaient frénétiquement. Le démon avala alors puissamment et il ne resta plus rien d'Urish de Nadsokor.

Elric haussa les épaules.

— Ton pacte de garde est très efficace, remarqua-t-il.

— Mais oui, mon doux Elric, dit le démon en souriant.

Cette voix, maintenant, était familière à l'oreille d'Elric.

— Tu n'es pas ordinaire... commença le Melnibonéen en fixant la créature d'un regard acéré.

— Je l'espère bien, adorable mortel...

A l'instant où la forme du démon commença à se modifier, la monture d'Elric regimba et hennit furieusement. Un bourdonnement s'éleva tandis qu'une fumée noire et dense sortait du trône. Et puis, tout à coup, un être nouveau fut assis là, les jambes croisées. Cet être avait forme humaine mais sa beauté transcendait celle de n'importe quel mortel. Elle était à la fois sublime et majestueuse, étrangère, absolue.

— Arioch !

Elric s'inclina devant le Seigneur du Chaos.

— Ay, Elric ! J'ai pris la place du démon durant ton absence.

— Mais tu m'avais refusé ton aide...

— Comme je te l'ai dit, des affaires plus graves m'appellent. Bientôt, le Chaos affrontera la Loi et Donblas pourrait bien être rejeté dans les Limbes pour l'éternité.

— Sais-tu que Donblas m'a parlé dans le labyrinthe du Dieu Ardent ?

— Certes, je le sais. C'est pour cela que j'ai pris le temps de rendre visite à ton plan. Je ne saurais supporter que tu reçoives le soutien de Donblas le Justicier et de sa race si dépourvue d'humour. J'en ai été offensé. A présent, j'ai prouvé que mes pouvoirs étaient supérieurs à ceux de la Loi.

Arioch, par-delà Elric, regarda Rackhir, Brut, Tristelune et tous ceux qui tentaient de protéger leurs yeux du spectacle de sa beauté.

« Et vous, fous de Tanelorn... Vous aurez peut-être enfin compris qu'il vaut mieux servir le Chaos !

— Je ne sers ni le Chaos ni la Loi ! lança Rackhir d'un ton farouche.

— Tu apprendras un jour que la neutralité est plus dangereuse, renégat !

A présent, il y avait de la méchanceté dans la voix mélodieuse du Seigneur du Chaos.

— Tu ne peux me faire aucun mal, dit Rackhir. Et si Elric s'en retourne avec nous à Tanelorn, il échappera lui aussi à ton joug maudit !

— Elric est de Melniboné. Tous les gens de Melniboné ont été des serviteurs du Chaos... et ils en ont été grandement récompensés. Comment crois-tu que le démon de Theleb K'aarna aurait pu être chassé de ce trône ?

— A Tanelorn, Elric n'aurait peut-être nul besoin de la Bague des Rois, répliqua Rackhir d'un ton égal.

Il y eut le bruit d'un torrent d'eau, le grondement du tonnerre et la forme d'Arioch se mit à grandir. Mais, ce faisant, elle perdit bientôt ses contours, se dissipa et il ne resta plus dans le hall que la puanteur des immondices.

Elric sauta de selle et se précipita vers le trône. Plongeant dessous, il en retira le coffre du Roi des Mendiants. Il se servit de Stormbringer pour fracasser le couvercle et l'épée runique murmura comme si elle protestait contre cette tâche ingrate. Des bijoux d'or, des gemmes et de précieux appareils volèrent jusque dans la boue tandis qu'Elric, frénétiquement, cherchait sa bague.

Triomphant, il la trouva enfin et la brandit au-dessus de lui avant de la reglisser à son doigt. Lorsqu'il revint vers sa monture, sa démarche semblait plus leste.

Pendant ce temps, Tristelune n'avait pas manqué de descendre de selle pour récolter autant de joyaux qu'il le pouvait et qui gonflaient maintenant sa bourse. Il adressa un clin d'œil à Rackhir qui lui sourit.

— Et à présent, dit Elric, je dois me rendre à Troos pour y rattraper Theleb K'aarna. Je dois encore me venger de lui.

— Laissez-le donc pourrir dans l'ignoble forêt, dit Tristelune.

Rackhir posa la main sur l'épaule d'Elric.

— Si Theleb K'aarna te hait à ce point, il te retrouvera. Pourquoi perdre ton temps à le poursuivre ?

Un sourire vint effleurer les lèvres de l'albinos.

— Tu as toujours eu des arguments judicieux, Rackhir. Et il est vrai que je suis bien las — las de tous ces démons et de ces dieux qui se sont dressés devant ma lame depuis que je suis venu à Nadsokor.

— Viens, repose-toi à Tanelorn. Tanelorn est paisible et même les Seigneurs des Mondes d'En Haut ne peuvent y pénétrer sans permission.

Le regard d'Elric se posa sur la Bague des Rois qui avait retrouvé sa place à son doigt.

— Mais j'ai fait le serment que Theleb K'aarna périrait...

— Tu auras toujours le temps de le tenir.

La main d'Elric courut dans ses cheveux de neige et il sembla à ses deux amis que des larmes brillaient dans ses yeux rouges.

— Ay ! fit-il lentement. Ay ! J'aurai toujours le temps...

Ils abandonnèrent donc Nadsokor, laissant les mendiants dans la sanie et la puanteur, et le regret d'avoir eu affaire à la sorcellerie et à Elric de Melniboné.

Ils chevauchèrent vers Tanelorn. Tanelorn l'éternelle, qui avait offert asile à tous les errants. A l'exception d'un seul.

Hanté par le désespoir, le chagrin, le remords et la certitude de sa fin, Elric de Melniboné priait pour que, cette fois, la cité veuille bien de lui...

TROIS HÉROS
POUR UN SEUL DESSEIN

> « ... Elric, entre toutes les manifestations du Champion Eternel, devait seul trouver Tanelorn sans effort. Et, entre toutes ces manifestations, il devait être le seul à choisir de quitter cette cité aux myriades d'incarnations... »
>
> Chronique de l'Epée Noire

1

ÉTERNELLE TANELORN

Dans son existence sans fin, Tanelorn avait revêtu bien des formes. Toutes aussi belles, à l'exception d'une seule.

Elle était belle, à présent, avec ses tours pastel dans la douce clarté du soleil, ses dômes et ses tourelles en spirales. Les bannières qui flottaient sur ses toits n'étaient pas guerrières car ceux qui avaient fondé Tanelorn étaient las de la guerre.

Tanelorn avait toujours été là. Nul ne savait en quel âge elle avait pu être construite, mais certains prétendaient savoir qu'elle avait existé avant le Temps et qu'elle existerait après la fin du Temps. Pour cela, on l'appelait l'Eternelle Tanelorn.

Tanelorn avait joué un rôle important dans les combats de nombreux héros et de bien des dieux et, parce qu'elle existait par-delà le Temps, elle était haïe des Seigneurs du Chaos qui, plus d'une fois, avaient tenté de la détruire. Au nord de la cité s'étendaient les plaines d'Ilmiora, un territoire où l'on disait que la justice prévalait et, au sud, le Désert des Soupirs, un lieu de désolation sur lequel les vents sifflaient sans cesse. Si Ilmiora représentait la Loi, le Désert des Soupirs, lui, ne pouvait qu'être le reflet du Chaos Ultime.

Ceux qui habitaient Tanelorn avaient choisi de ne pas prendre part à la Lutte Cosmique qui opposait les

Seigneurs des Mondes Supérieurs, et leur loyauté n'allait pas plus à la Loi qu'au Chaos. A Tanelorn, il n'y avait ni chefs ni sujets et ses citoyens ne connaissaient que l'harmonie, même s'ils avaient été de redoutables guerriers avant de s'installer dans la cité. Mais, entre tous, l'un de ceux que l'on admirait le plus et dont on appelait les conseils était certainement l'ascétique Rackhir qui, autrefois, avait été un prêtre-guerrier de P'hum. Sa réputation, alors, avait été terrible. A cause de ses habits et de son adresse à l'arc, il avait été surnommé l'Archer Rouge. Ses habits étaient les mêmes et son adresse toujours aussi grande, mais le goût du combat l'avait quitté lorsqu'il était venu vivre à Tanelorn.

Près de la muraille basse, à l'ouest de la cité, se dressait une maison à deux étages entourée d'une pelouse sur laquelle poussaient d'innombrables fleurs sauvages. La maison était de marbre jaune et rose et, à la différence de la plupart des constructions de la cité, elle avait un grand toit pointu. C'était la demeure de Rackhir. Pour l'heure, étalé sur un robuste banc de bois, l'Archer Rouge observait son hôte qui arpentait nerveusement la pelouse. Cet hôte était son vieil ami le Prince de Melniboné, l'albinos tourmenté.

Elric portait une chemise blanche très simple et des culottes d'épaisse soie noire. De la même soie était le bandeau qui maintenait ses longs cheveux neigeux qui tombaient jusqu'à ses épaules. Ses yeux écarlates demeuraient obstinément fixés sur l'herbe de la pelouse et il n'accordait pas le moindre regard à son ami.

Rackhir n'avait nul désir d'interrompre la rêverie d'Elric, mais il n'éprouvait aucun plaisir à le contempler dans cette humeur. Il avait espéré que ce séjour à Tanelorn apporterait quelque réconfort à l'albinos, chasserait pour un temps les fantômes et les doutes qui hantaient son cerveau, mais il semblait que cela eût échoué : Elric était bien loin de retrouver le calme et l'apaisement.

Rackhir se décida enfin à briser le silence.

— Cela fait un mois que tu es revenu ici, mon ami, et je te vois toujours aussi sombre, jamais en repos.

Elric eut un sourire furtif.

— Ay ! Jamais en repos... Oui, pardonne-moi, Rackhir. Je suis vraiment un détestable invité.

— Qu'est-ce qui te préoccupe donc tant ?

— Rien en particulier. Il me semble que je ne peux m'abandonner à cette paix. Seule la violence peut venir à bout de ma mélancolie. Je ne suis pas fait pour Tanelorn, Rackhir.

— Mais la violence, ou ce qu'il en résulte, ne peut qu'ajouter encore à la mélancolie, non ?

— C'est vrai. Et c'est le dilemme avec lequel je vis constamment. Depuis qu'Imrryr a brûlé... peut-être bien avant.

— Mais ce dilemme est peut-être aussi celui de tout homme, dit Rackhir. A quelque degré que ce soit.

— Ay ! Quel est le but d'une existence et quelle est la justification de ce but, lorsqu'on le découvre...

— A Tanelorn, pour moi, de tels problèmes n'ont plus de raison d'être. J'avais espéré que, toi aussi, tu serais en mesure de les chasser de tes pensées. Resteras-tu parmi nous ?

— Je n'ai pas d'autre projet. Je n'ai toujours pas assouvi ma soif de vengeance contre Theleb K'aarna mais j'ignore maintenant où il peut se trouver. Et, ainsi que Tristelune et toi n'avez cessé de me le dire, il se mettra en quête de moi tôt ou tard. Je me souviens que, lorsque tu as découvert pour la première fois Tanelorn, tu m'as proposé d'y ramener Cymoril et d'oublier Melniboné... Je souhaiterais t'avoir écouté, Rackhir, car désormais je connaîtrais la paix et le visage de ma Cymoril morte ne viendrait plus empoisonner mes nuits.

— Tu as parlé de cette sorcière qui, selon toi, ressemblerait à Cymoril...

— Myshella ? Celle que l'on appelle l'Impératrice de l'Aube ? Je l'ai d'abord vu en songe et, lorsque je l'ai quittée, c'était moi qui était dans un songe. Nous nous sommes unis dans un but commun. Jamais plus je ne la reverrai.

— Mais si elle...

— Jamais plus, Rackhir.

— Comme tu le veux.

Les deux amis retombèrent une fois encore dans le silence. Autour d'eux s'élevaient des chants d'oiseaux et le murmure des fontaines. Elric reprit sa marche, puis, après quelque temps, il rentra dans la maison, suivi par le regard soucieux de Rackhir.

Lorsqu'il ressortit, il avait mis sa large ceinture et son épée runique était à son côté. Sur ses épaules, il avait jeté une cape de soie blanche et il portait à présent de hautes bottes.

— Je vais aller dans le Désert des Soupirs, dit-il. Je ne m'arrêterai que lorsque je serai las de chevaucher. J'ai peut-être tout simplement besoin d'exercice.

— Prends garde au désert, mon ami. C'est un lieu sinistre et traître.

— Je serai prudent.

— Prends la grande jument dorée. Elle ne sort que dans le désert et sa résistance est légendaire.

— Je te remercie. Nous nous reverrons demain matin si je ne suis pas de retour avant.

— Prends garde à toi, Elric. Je souhaite que ton remède soit efficace et chasse ta mélancolie.

Mais nul n'aurait pu lire la paix sur le visage de l'Archer Rouge tandis qu'il regardait son ami s'éloigner vers les écuries, sa cape blanche flottant derrière lui comme une vague de brouillard sur la mer.

Puis il entendit claquer les sabots de la cavale sur les cailloux de la chaussée et il se leva lentement. L'albinos avait lancé sa monture au petit galop vers la porte du nord, au-delà de laquelle s'étendait le pays jaune et désolé du Désert des Soupirs.

Tristelune sortit de la demeure. Il tenait une pomme et un manuscrit était roulé sous son bras.

— Où va donc Elric, Rackhir ?

— Il va chercher un peu d'apaisement dans le désert.

Tristelune, tout en fronçant les sourcils, mordit dans sa pomme.

— Il a cherché l'apaisement dans bien d'autres lieux, et je crains qu'il ne le trouve pas plus ici.

Rackhir hocha la tête.

— Mais je pressens qu'il va découvrir autre chose,

car ce ne sont pas toujours ses impulsions qui le guident. Il y a en lui d'autres forces qui le conduisent à des actes fatals.

— Et tu penses qu'il en est ainsi à présent ?
— Cela se pourrait bien.

2

RETOUR D'UNE SORCIÈRE

LE sable crépitait sous le vent et les dunes semblaient les vagues d'une mer pétrifiée. Des crocs de roc saillaient çà et là, ultimes traces de montagnes dévorées par les siècles. Le soupir lugubre que l'on entendait semblait exprimer le regret du sable, des âges où il avait été rocher, pierre, bâtiment, os de bêtes, d'hommes, comme s'il implorait sa résurrection, comme s'il soupirait au souvenir de sa mort.

Elric rabattit le capuchon de sa cape sur sa tête afin de se protéger de la morsure du soleil, immobile et ardent dans le ciel d'un bleu d'acier.

Un jour, se dit-il, je connaîtrai moi aussi la paix de la mort et je le regretterai peut-être...

Il lança sa cavale dorée au trot et but quelques gorgées d'eau à l'une des gourdes qu'il avait emportées.

Autour de lui, le désert semblait se déployer à l'infini. Il n'y avait nulle plante en ce lieu, nul animal. Et pas le moindre oiseau dans le ciel.

Avec un frisson, Elric eut le pressentiment d'un temps où, dans l'avenir, il se retrouverait seul, dans un monde encore plus désolé, sans même un cheval pour compagnie. Il rejeta cette pensée, mais elle le laissa troublé à tel point qu'il cessa de songer sombrement à son destin et à sa situation. Le vent se calma alors et le soupir du sable ne fut plus qu'un chuchotement.

Hébété, il porta la main au pommeau de son épée

car, sans raison, il associait le pressentiment qu'il venait d'avoir à Stormbringer, son Epée Noire. Et il lui semblait discerner une note ironique dans le murmure du vent. Ou bien était-ce la lame runique qui lui parlait ainsi ? Il pencha la tête et prêta l'oreille, mais le son devint un peu moins audible encore, comme s'il avait conscience de son attention et voulait la fuir.

La jument dorée escaladait le flanc d'une dune et ses sabots s'enfonçaient profondément dans le sable. Elric tira sur les rênes pour la ramener sur un terrain plus ferme.

Il la fit s'arrêter au sommet de la dune. Le désert se déployait jusqu'à l'horizon. De loin en loin, quelques rochers pointaient hors des vagues de sable. Jusqu'alors, il n'avait pensé qu'à chevaucher sans arrêt, jusqu'à ce que sa monture s'effondre d'épuisement, jusqu'à ce que le sable les avale à jamais. Il rejeta son capuchon et essuya la sueur de son front.

Pourquoi pas ? se dit-il. Pourquoi retourner à Tanelorn ? La vie n'était plus supportable. Le seul choix était la mort.

Mais ne le refuserait-elle pas ? Etait-il condamné à vivre ? Bien souvent, il lui avait semblé que tel était son sort.

Puis il pensa à son cheval. Ce ne serait pas juste de le sacrifier avec lui. Lentement, il descendit de selle.

Le vent était devenu plus fort et ses soupirs plus intenses. Le sable fouettait les bottes d'Elric. L'air était torride et si violent qu'il dut se draper dans les plis de sa cape de soie. La jument dorée renâcla nerveusement.

Le regard du Prince de Melniboné se porta vers le nord, vers le Bord du Monde.

Il se mit en marche.

Derrière lui, la jument eut un hennissement interrogatif, mais il ne se retourna pas. Il fut bientôt loin. Il n'avait pas même pris la peine d'emporter une gourde d'eau. Son capuchon était rejeté en arrière et le soleil lui brûlait le visage. Il allait d'un pas ferme et régulier, comme s'il marchait à la tête d'une armée.

Et peut-être avait-il le sentiment qu'une armée le suivait — l'armée des morts, de tous ceux, amis et adversaires, qu'il avait abattus dans sa vaine quête d'un sens à son existence.

Pourtant, un ennemi se dressait encore devant lui. Plus puissant, plus malveillant encore que Theleb K'aarna. Un ennemi qui habitait en lui, dans le côté sombre de son âme et qui était symbolisé par la lame noire qui pendait en permanence à sa hanche. Lorsqu'il mourrait, cet ennemi mourrait aussi et une force maligne quitterait la face du monde.

Des heures durant, Elric de Melniboné erra dans le Désert des Soupirs. Peu à peu, ainsi qu'il l'avait espéré, le sentiment de son identité reflua, comme s'il ne faisait qu'un avec le vent, avec le sable et, ce faisant, renouait enfin un lien avec ce monde qu'il avait rejeté et qui l'avait repoussé.

Le soir vint, mais il n'eut pas conscience du coucher du soleil. La nuit vint, mais il poursuivait sa marche sans prendre garde au froid. Ses forces diminuaient. Il se réjouissait à présent de sa faiblesse, lui qui avait lutté depuis si longtemps pour conserver la puissance de l'Epée Noire.

Sous une pâle lune, près de minuit, ses jambes se dérobèrent sous lui et s'écroula dans le sable où il demeura tandis que le quittaient ses dernières traces de sensation.

— Prince Elric... Mon Seigneur ?

La voix était vibrante et pleine, vaguement ironique. C'était la voix d'une femme et il la reconnut. Mais il ne bougea pas.

« Elric de Melniboné. »

Une main se posa sur son bras. Elle tentait de le relever. Plutôt que de se laisser traîner, il choisit de se redresser tant bien que mal et parvint à s'asseoir. Il voulut parler, mais les mots ne parvinrent pas à franchir ses lèvres. Il avait la bouche sèche et pleine de sable.

Elle portait une robe légère de bleu, d'or et de vert. L'aube se levait derrière elle et brillait dans ses longs cheveux noirs qui encadraient son doux visage. Elle lui souriait.

Il secoua la tête, cracha du sable et parvint à dire :

« Si je suis mort, alors je suis encore le jouet des fantômes et des illusions. »

— Je ne suis pas plus une illusion que tout ce qui vous entoure. Et vous n'êtes pas mort, Mon Seigneur.

— En ce cas, vous êtes bien loin de Château Kaneloon, Ma Dame. Vous êtes de l'autre côté du monde. Sur l'autre Bord...

— Je vous cherchais, Elric.

— Vous avez donc brisé votre serment, Myshella, car, lorsque nous nous sommes séparés, vous m'avez dit que jamais plus vous ne chercheriez à me revoir, que nos destins ne se rencontreraient plus.

— Je pensais alors que Theleb K'aarna avait péri par le Nœud Coulant de Chair...

La sorcière étendit alors les bras et ce fut comme si elle invoquait le soleil qui, à cet instant précis, apparut sur l'horizon.

— Pourquoi marchiez-vous ainsi dans le désert, Mon Seigneur ?

— Je cherchais la mort.

— Pourtant, vous savez que votre destinée n'est point de mourir de la sorte.

— C'est ce que l'on m'a dit, mais je ne le sais pas, Dame Myshella. Pourtant... (il se redressa en titubant et se tint à ses côtés) je commence à soupçonner qu'il en est ainsi.

Elle lui présenta alors une coupe qu'elle venait de prendre sous ses robes. Elle était emplie jusqu'au bord d'un liquide aux reflets d'argent.

— Buvez, dit-elle.

Il ne fit pas un geste et dit simplement : « Je n'éprouve pas de plaisir à vous revoir, Dame Myshella. »

— Pourquoi ? Parce que vous avez peur de m'aimer ?

— Si cela vous flatte de le penser... Eh bien, oui.

— Cela ne me flatte pas. Je sais bien que vous retrouvez le souvenir de Cymoril et que j'ai commis une faute en laissant Kaneloon devenir ce que vous désirez le plus au monde... avant d'avoir compris qu'il était ce que vous redoutiez le plus.

— Silence ! fit-il en baissant la tête.
— Je suis navrée. Je vous fais mes excuses. Mais, pour un temps, n'avons-nous pas repoussé ensemble et le désir et la terreur ?

Il fixa son regard dans le sien tandis qu'elle demandait : « N'est-ce pas ce que nous avons fait ensemble ? »

— Oui, nous l'avons fait, dit Elric.

Il inspira profondément et tendit la main vers la coupe que lui offrait Myshella.

— Est-ce donc là une potion qui effacera ma volonté afin que j'agisse selon vos intérêts ?

— Nulle potion ne pourrait y parvenir. Elle vous rendra vigueur, c'est tout.

Il but et, aussitôt, sa bouche fut lavée et ses pensées redevinrent claires. Une force nouvelle gagna ses membres et ses organes.

— Souhaitez-vous encore mourir ? demanda Myshella en reprenant la coupe vide.

— Si la mort m'apporte la paix.

— Pas si vous mourez maintenant. Je sais cela.

— Et comment m'avez-vous retrouvé ici ?

— Oh, par de nombreux moyens, dont certains relèvent de la sorcellerie. Mais c'est mon oiseau qui m'a conduit ici.

Elric se retourna et vit l'oiseau d'or, d'airain et d'argent qu'il avait chevauché une fois pour la cause de Myshella. Ses grandes ailes métalliques étaient repliées mais, dans le regard de ses yeux d'émeraude, posés sur sa maîtresse, il y avait de l'intelligence.

— Etes-vous venue pour me ramener à Tanelorn ? demanda Elric.

Elle secoua la tête.

— Pas encore. Je suis venu vous dire où vous pourrez trouver votre ennemi, Theleb K'aarna.

Il eut un sourire.

— Vous menace-t-il donc à nouveau ?

— Pas directement.

Il épousseta le sable de sa cape.

— Je vous connais bien, Myshella. Jamais vous n'auriez rejoint mon destin si, de quelque manière, il ne se retrouvait pas lié au vôtre... Vous avez dit que j'avais peur de vous aimer. Il se peut que ce soit vrai, car je pense que je redoute d'aimer toute femme. Mais vous vous servez de l'amour, les hommes auxquels vous l'avez offert ont tous servi votre cause.

— Je ne le nie pas. Je n'aime que les héros, et seulement les héros qui assurent la présence de la Loi sur ce plan de la Terre.

— Je me soucie peu que ce soit le Chaos ou la Loi qui l'emporte. Il n'est pas jusqu'à la haine que je vouais à Theleb K'aarna qui ne se soit érodée, et c'était pourtant une haine personnelle, qui n'avait rien à voir avec une cause.

— Et si je vous apprenais que Theleb K'aarna, une fois encore, menace les gens de Tanelorn ?

— Impossible. Tanelorn est éternelle.

— Certes, Tanelorn est éternelle, mais pas ses habitants. Je le sais. Plus d'une fois, la catastrophe s'est abattue sur ceux qui vivent dans cette cité. Et les Seigneurs du Chaos haïssent Tanelorn, encore qu'ils ne puissent l'attaquer directement. Ils prêteraient main-forte à tout mortel se prétendant capable de détruire ceux que le Chaos considère comme des traîtres.

Elric fronça les sourcils. Il connaissait l'hostilité des Seigneurs du Chaos à l'égard de Tanelorn. Il avait entendu dire que bien des fois ils avaient utilisé des mortels afin de frapper la cité.

— Et vous prétendez savoir que Theleb K'aarna veut attaquer les habitants de Tanelorn ? Avec l'aide du Chaos ?

— Ay ! En ruinant les plans qu'il avait conçus contre la caravane de Rackhir, vous n'avez fait que grandir encore la haine qu'il nourrit à l'égard de tous ceux qui habitent Tanelorn. A Troos, il a découvert d'anciens grimoires, des choses qui remontent à l'Age du Peuple Condamné.

— Comment est-ce possible ? Il a existé un cycle de temps avant Melniboné !

— C'est vrai. Mais Troos elle-même date de l'Age du Peuple Condamné. Ces hommes avaient conçu de grandes inventions et ils avaient les moyens de préserver leur savoir...

— Très bien. J'admets que Theleb K'aarna a trouvé ces grimoires. Mais que lui ont-ils enseigné ?

— Ils lui ont donné le moyen de provoquer une rupture dans la division qui sépare les plans de la Terre. Pour nous, les autres plans du monde sont mystérieux. Nos ancêtres eux-mêmes n'ont pu qu'émettre des suppositions sur ce que les anciens appelaient les « multivers ». J'en sais à peine plus que vous à leur propos. Les Seigneurs d'En Haut peuvent, parfois, se déplacer à leur gré entre ces strates spatiales et temporelles, mais pas les mortels, du moins durant cette période de notre existence.

— Et qu'a donc fait Theleb K'aarna ? Il est bien certain que cette « rupture » dont vous m'avez parlé nécessite une puissance très grande... Et il n'en dispose pas.

— C'est vrai. Mais il a par contre des alliés très puissants parmi les Seigneurs du Chaos. Les Seigneurs de l'Entropie se sont alliés à lui, tout comme ils s'allieraient à quiconque leur offrirait les moyens de détruire Tanelorn. Dans la Forêt de Troos, il n'a pas seulement trouvé des manuscrits. Il a mis au jour certains des appareils enfouis là par le Peuple Condamné et qui provoquèrent sa perte. Bien sûr, étaient sans utilité entre ses mains jusqu'à ce que les Seigneurs du Chaos lui montrent comment ils pouvaient être activés grâce aux forces de la création.

— Et il les a activés ? Mais où ?

— Il a emmené l'appareil qu'il convoitait jusque dans cette région, car il avait besoin d'espace pour travailler à l'abri des regards... si ce n'est du mien.

— Il est dans le Désert des Soupirs ?

— Ay ! Si vous aviez continué de chevaucher, vous l'auriez trouvé, Mon Seigneur. Ou bien il vous aurait trouvé. Je crois que tel est bien le sentiment qui vous a lancé dans le désert : le désir de le faire sortir de son refuge.

— Je n'avais d'autre désir que celui de mourir ! lança Elric en tentant de maîtriser sa colère.

A nouveau, un sourire effleura les lèvres de Myshella.

— Qu'il en soit ainsi si vous le souhaitez...

— Vous voulez dire que le Destin me manipule au point que je ne puisse choisir de mourir si je le souhaite ?

— Demandez-le vous-même et il vous sera répondu.

Le doute et le désespoir assombrirent les traits du Prince de Melniboné.

— Qu'est-ce donc, alors, qui me guide ? Et vers quelle fin ?

— Il vous faudra le découvrir par vous-même.

— Vous voulez que je me retourne contre le Chaos ? Pourtant, le Chaos me vient en aide et je me suis voué à Arioch...

— Mais vous êtes mortel, Elric, et Arioch est bien lent à vous aider, tous ces temps, sans doute parce qu'il devine ce que l'avenir réserve.

— Et que savez-vous de l'avenir ?

— Bien peu de choses... et je ne puis rien vous en dire. Un mortel peut toujours savoir qui servir, Elric.

— J'ai choisi. Je sers le Chaos.

— Pourtant, une grande part de votre mélancolie vient de ce que vous êtes divisé dans vos loyautés.

— C'est vrai également.

— Et puis, en combattant Theleb K'aarna, vous ne combattriez pas pour la Loi. Vous affronteriez simplement un adversaire allié au Chaos... Et ceux du Chaos s'affrontent souvent entre eux, n'est-ce pas ?

— Je le reconnais. Il est aussi notoire que je hais Theleb K'aarna et que j'ai juré de le détruire, qu'il serve le Chaos ou la Loi.

— Donc vous ne risquez pas de provoquer la colère de ceux auxquels vous êtes loyal... même s'ils ne vous accordent qu'à regret leur assistance.

— Parlez-moi des plans de Theleb K'aarna.

— Il vous faudra les apprendre par vous-même. Voilà votre monture...

Myshella tendit la main et il vit la jument dorée apparaître au sommet d'une dune.

« Continuez vers le nord-est, mais avec prudence, car

Theleb K'aarna pourrait bien apprendre votre présence et vous prendre au piège.

— Et si je choisissais de retourner à Tanelorn, simplement ? Ou d'essayer encore de trouver la mort ?

— Mais vous ne le ferez pas, Elric... N'est-ce pas ? Vous êtes loyal envers vos amis, vous souhaitez au fond de votre cœur servir ce que je représente... Et vous ne nourrissez que de la haine envers Theleb K'aarna. Non, je ne crois pas que vous puissiez souhaiter mourir en ce moment.

Il fronça les sourcils.

— Une fois encore, me voici chargé de responsabilités que je n'ai pas appelées, de considérations sans rapport avec mes désirs, pris au piège d'émotions que nous, Melnibonéens, avons appris à mépriser. Ay, Myshella ! Je ferai selon votre volonté !

— Soyez prudent, Elric. Theleb K'aarna dispose aujourd'hui de pouvoirs avec lesquels vous n'êtes pas familier et qui seront difficiles à vaincre.

Elle le regarda longuement et tout à coup il s'avança et la prit entre ses bras, il riva ses lèvres aux siennes tandis que les larmes coulaient sur son visage blanc et se mêlaient à celles de l'Impératrice de l'Aube.

Il la regarda s'éloigner, monter sur l'oiseau d'argent et d'or, s'installer sur la selle d'onyx avant de lancer un ordre bref. Les ailes se déployèrent dans un claquement et l'oiseau, alors, tourna vers le Melnibonéen ses yeux d'émeraude et son bec serti de gemmes s'ouvrit.

— Adieu, Elric, dit-il.

Mais Myshella garda le silence et ne lui adressa pas un regard.

Bientôt, l'oiseau de métal ne fut plus qu'un point scintillant dans l'immensité du ciel bleu. Alors, Elric se tourna vers le nord-est.

3

LA BARRIÈRE BRISÉE

ELRIC fit arrêter sa monture sous un surplomb. Il avait enfin découvert le camp de Theleb K'aarna. Une grande tente de soie jaune avait été dressée dans un amphithéâtre naturel de rochers cerné par les dunes. Un chariot et deux chevaux se trouvaient à proximité mais la scène était dominée par la chose de métal érigée au centre. Elle était contenue dans une énorme coupe de cristal. La coupe était presque globulaire avec une étroite ouverture à son sommet. La chose qui se trouvait à l'intérieur était à la fois asymétrique et étrange, faite de surfaces courbes et d'angles. Elle semblait emplie de myriades de visages à demi formés, de formes de bêtes et de bâtiments, de dessins changeants, fluctuants, qui se dérobaient au regard d'Elric. Cette chose avait été façonnée par des êtres dont l'imagination était plus tordue encore que celle des ancêtres d'Elric. Ils avaient amalgamé et fondu des métaux et des substances que la logique n'aurait jamais permis de réunir. C'était là une création du Chaos qui pouvait donner une idée de la façon dont le Peuple Condamné en était venu à se détruire lui-même. Et cette création était vivante. Dans ses profondeurs, quelque chose palpitait, et c'était aussi fragile et faible que le battement du cœur d'un oiseau qui meurt. Durant sa vie, il avait été donné à Elric de rencontrer bien des obscénités. Bien peu avaient réussi à l'émouvoir, mais cette chose, bien qu'elle parût plus inoffensive que la plupart, lui amenait un goût âcre dans la bouche. Malgré sa répugnance, il demeura là où il se trouvait, fasciné par la machine dans la coupe de cristal, jusqu'à ce que Theleb K'aarna surgisse de la tente de soie jaune.

Le sorcier de Pan Tang était plus maigre et plus pâle encore que lors de leur dernière rencontre, peu avant la bataille des mendiants de Nadsokor et des guerriers de Tanelorn. Pourtant, une énergie malsaine brillait dans ses yeux et enflammait ses joues, et ses gestes étaient nerveux et brusques.

Theleb K'aarna s'approcha de la grande coupe de cristal.

Comme il n'était plus qu'à quelques pas, Elric put l'entendre marmonner pour lui-même.

— Bien, bien, bien... Elric et tous ceux qui se sont alliés à lui périront bientôt. Ah... l'albinos va regretter le jour où il s'est attiré ma vengeance et a fait de moi ce que je suis aujoud'hui. Et lorsqu'il sera mort, la Reine Yishana réalisera combien grande était sa faute et elle sera à moi. Comment a-t-elle pu aimer ce fantôme blafard ? Comment a-t-elle pu le préférer à un homme de mon talent ?

Elric avait presque oublié à quel point le sorcier était obsédé par la Reine de Jharkor, Yishana, qui avait su user contre lui d'un pouvoir plus grand que sa magie. C'était la jalousie qui avait lancé Theleb K'aarna contre Elric, qui avait transformé un paisible étudiant des arts noirs en un être haineux qui pratiquait les sorcelleries les plus effrayantes.

Du doigt, Theleb K'aarna se mit à tracer les dessins compliqués sur le cristal. Après chaque rune, la palpitation de la machine, à l'intérieur, s'accélérait. Des couleurs étranges envahirent certaines parties qui s'éveillèrent à la vie. Un battement régulier venait du haut de la coupe et Elric prit conscience d'une bizarre puanteur. Le noyau de lumière se fit plus grand et plus intense et les formes de la machine parurent se modifier, comme si elle devenait liquide et tournoyait à l'intérieur de la coupe.

La jument dorée renacla et s'agita, effrayée. Elric lui tapota l'encolure et la calma. Theleb K'aarna ne lui apparaissait que comme une silhouette sur le fond des lumières changeantes de la coupe. Il continuait de murmurer mais le rythme régulier de la machine résonnait à présent jusque dans les rochers. De la main droite, il traçait toujours d'invisibles diagrammes sur la surface de cristal.

Le ciel paraissait s'assombrir, pourtant la journée était encore jeune. Elric leva les yeux et vit que le ciel était toujours bleu, le soleil toujours aussi intense. C'était l'air qui les entourait qui devenait sombre, comme si un nuage solitaire s'était abattu sur les lieux.

A cet instant, Theleb recula en titubant, le visage illuminé par la clarté de la coupe, les yeux dilatés et fous.

— Viens! cria-t-il. Viens! La barrière est abattue!

Alors, Elric vit une ombre, derrière la coupe. Elle était immense au point d'écraser la machine. Quelque chose gronda. Quelque chose d'écailleux qui s'avançait lourdement, qui tendait une main énorme et sinueuse. Aux yeux d'Elric, cela pouvait évoquer un dragon sortant de sa caverne, mais c'était plus grand et, sur le dos, cela portait une double rangée d'os aigus. La chose ouvrit la gueule, révélant ses dents innombrables, et le sol vibra tandis qu'elle contournait la coupe et s'arrêtait devant le sorcier, en le fixant de ses yeux stupides et coléreux. Il y eut un autre bruit et une autre bête s'avança, un autre grand reptile venu d'un autre Age de la Terre. Et, derrière, apparurent ceux qui les conduisaient. La monture d'Elric renaclait et se cabrait, essayant désespérément de fuir, mais Elric parvint à la calmer. Il observait les êtres qui, à présent, posaient la main sur les têtes dociles des monstres. Ils étaient peut-être plus terrifiants encore car, s'ils se déplaçaient sur deux jambes et semblaient posséder des mains, il était indéniable qu'ils étaient tout aussi reptiliens que les monstres. Ils ressemblaient singulièrement aux dragons et ils étaient bien plus grands que des hommes. Ils tenaient des instruments ornementés qui ne pouvaient être que des armes et qui étaient attachés à leurs bras par des spires de métal doré. Une cagoule de peau couvrait leur tête noire et verte et leurs yeux rouges luisaient dans l'ombre.

Theleb K'aarna se mit à rire.

— J'ai réussi ! J'ai détruit la barrière qui sépare les plans. Grâce aux Seigneurs du Chaos, me voici avec des alliés contre lesquels la sorcellerie d'Elric ne peut rien car ils ne peuvent obéir aux lois de ce plan ! Ils sont invulnérables... Et ils n'obéissent qu'à Theleb K'aarna !

Bêtes et guerriers grognèrent et hurlèrent à l'unisson.

— A présent, nous allons marcher sur Tanelorn cria le sorcier. Et, avec toute cette force, je retournerai à Jharkor et la volage Yishana sera mienne !

En cet instant, Elric ne pouvait se défendre d'une certaine sympathie pour Theleb K'aarna. Jamais, par sa sorcellerie, il n'aurait pu réussir cela sans l'aide des Seigneurs de Chaos. Il s'était livré à eux, il était devenu l'un de leurs outils à cause de son amour débile pour la reine vieillissante de Jharkor. Elric savait qu'il ne pourrait rien contre les monstres et leurs maîtres reptiliens. Il devait retourner à Tanelorn et prévenir ses amis. Il fallait qu'ils fuient la cité. Il ne lui restait qu'un espoir, celui de trouver un moyen de renvoyer ces effrayants intrus à leur plan originel. Mais à ce moment la jument, affolée par les sons, les odeurs et les terrifiantes visions se mit à ruer en hennissant. Le son perça un bref instant de silence. Theleb K'aarna aperçut la monture et tourna le regard de ses yeux fous vers Elric.

Le Melnibonéen savait qu'il ne pouvait se mesurer aux monstres. Très certainement, leurs armes pouvaient le détruire à distance. Il tira alors Stormbringer de son fourreau la lame infernale ulula en apparaissant au grand jour. Elric éperonna la jument dorée et lui fit dévaler les rochers droit sur la machine, au centre de la coupe. Il espérait profiter du désarroi momentané de Theleb K'aarna, qui n'avait pas encore eu le temps de donner des ordres à ses nouveaux alliés. Peut-être pourrait-il ainsi abattre la machine ou, du moins, endommager quelque partie importante, dans l'espoir que cela renverrait les monstres à leur plan originel. Le visage blafard, épouvantable, il s'enfonça dans les ténèbres magiques, levant haut son épée runique, passa au large de Theleb K'aarna et porta un coup puissant à la paroi de cristal.

L'Epée Noire s'y enfonça. Emporté par la force de son coup, Elric quitta la selle et, à son tour, traversa le cristal sans apparemment le briser. Il eut une brève vision des facettes et des courbes de la machine du Peuple Condamné avant que son corps ne la percute. Il eut le sentiment que le tissu de sa chair se désintégrait...

... Et il se retrouva allongé dans l'herbe tendre et le désert était oublié, ainsi que Theleb K'aarna, la machine palpitante, les bêtes atroces et leurs maîtres abominables.

Le soleil était tiède et doux et le feuillage bruissait tranquillement alentour. Des oiseaux chantaient et il entendit tout à coup une voix :

« La tempête. Elle s'est apaisée. Et vous ? Etes-vous bien Elric de Melniboné ? »

Il se retourna et découvrit un homme de grande taille. Son torse était ceint d'un haubert d'argent qui descendait jusqu'à ses genoux et il portait un heaume conique fait d'argent également. Un manteau écarlate à longues manches couvrait en partie son dos. Il portait au côté une épée longue engagée dans un fourreau. Ses culottes étaient de cuir fin et il était chaussé de bottes de daim vert. Mais ce furent d'abord ses traits qui captèrent l'attention d'Elric. Ils évoquaient ceux d'un Melnibonéen plutôt que d'un homme véritable. Et puis, il portait à la main gauche un gantelet à six doigts incrusté de gemmes sombres tandis que son œil droit était couvert d'un bandeau incrusté des mêmes joyaux.

Quant à l'autre œil, il était aussi oblique que grand, avec une pupille jaune et un iris mauve.

— Je suis Elric de Melniboné, dit l'albinos. Est-ce vous que je dois vous remercier pour m'avoir sauvé de ces créatures invoquées par Theleb K'aarna ?

Le personnage secoua la tête.

— C'est moi qui vous ai invoqué, et je n'ai jamais entendu parler d'un Theleb K'aarna L'on m'a dit que

151

je n'avais qu'une seule chance d'obtenir votre aide et que je devais la saisir en ce lieu même et à un instant précis. Je me nomme Corum Jhaelen Irsei, le Prince à la Robe Ecarlate, et je poursuis une Quête de la plus grave importance.

Elric plissa le front. Le nom éveillait en lui des échos familiers, mais il ne parvenait pas à les situer dans son existence. Il se souvenait à demi d'un songe ancien...

— Où se trouve cette forêt ? demanda-t-il en rangeant son épée runique.

— Elle ne se trouve nulle part sur votre plan pas plus que dans votre temps, Prince Elric. Je vous ai convoqué afin que vous me prêtiez aide dans ma bataille contre les Seigneurs du Chaos. Déjà, je suis parvenu à éliminer deux des Maîtres de l'Epée, Arioch et Xiombarg, mais le troisième, le plus puissant, demeure...

— Arioch du Chaos... Et Xiombarg ? Vous avez défait deux des plus puissants entre les membres de la Compagnie du Chaos ? Mais il y a un mois, j'ai parlé à Arioch. Il est mon maître. Il...

— Nombreux sont les plans d'existence, dit tranquillement le Prince Corum. Dans certains, les Seigneurs du Chaos sont puissants, dans d'autres, ils sont faibles. Et dans certains, même, ils n'existent pas, à ce que j'ai entendu dire. Il vous faut admettre que, ici, Arioch et Xiombarg n'existent plus. Seul le troisième des Maîtres de l'Epée nous menace — le plus puissant, le Roi Manebolde.

Le visage d'Elric s'assombrit.

— Dans mon plan, il n'est pas plus puissant qu'Arioch ou Xiombarg... Cela me semble une parodie de tout ce que je connais...

— Je vais faire mon possible pour tenter de vous expliquer. Pour quelque raison, le Destin m'a choisi pour être le héros qui devra bannir le Chaos des Quinze Plans de la Terre. Présentement, je fais route vers une cité que je dois découvrir et qui s'appelle Tanelorn. Là, j'ai l'espoir de trouver de l'aide. Mais mon guide est retenu prisonnier dans un château non loin d'ici et je dois le libérer avant de pouvoir continuer. L'on m'a appris de quelle façon je pouvais me faire prêter main-forte pour ce faire et c'est ainsi que j'ai usé de ce charme pour vous appeler. L'on m'a dit qu'en m'aidant vous vous aideriez vous-même, que si j'étais vainqueur, vous recevriez en retour une chose qui rendra votre tâche plus aisée.

— Qui vous a dit cela ?
— Un homme sage.

Elric s'assit sur un tronc abattu et mit la tête dans ses mains.

— J'ai été enlevé à un moment inopportun, dit-il enfin. Je prie pour que vous me disiez la vérité, Prince Corum.

Brusquement, il leva les yeux.

« Mais n'est-ce pas merveilleux que vous puissiez me parler ? Que nous nous comprenions ? Comment est-ce possible ? »

— Cela m'a été dit aussi. Que nous devrions pouvoir communiquer car « nous faisons partie d'une même chose ». Ne me demandez pas de vous expliquer cela plus avant, Prince Elric, car je n'en sais pas plus.

Elric haussa les épaules.

— Eh bien, ceci n'est peut-être qu'une illusion. Il se peut que je me sois tué ou bien que j'ai été digéré par la machine de Theleb K'aarna... Mais il est bien évident que je n'ai d'autre choix que d'accepter de vous prêter main-forte avec l'espoir d'être aidé à mon tour.

Le Prince Corum quitta un instant la clairière pour revenir avec deux chevaux, l'un blanc, l'autre noir. Il présenta à Elric les rênes de la monture noire. L'albinos s'installa sur la selle qui lui était peu familière.

— Vous avez parlé de Tanelorn, dit-il. C'est pour venir en aide à Tanelorn que je me suis retrouvé dans ce monde de rêve.

— Vous savez donc où se trouve Tanelorn ? demanda le Prince Corum.

— Dans mon propre monde, oui... mais où peut-elle être ici ?

— Tanelorn existe dans chacun des plans, mais sous des formes différentes. Il n'y a qu'une seule Tanelorn et quoiqu'elle revête bien des aspects, elle est éternelle.

Ils chevauchaient à présent dans la forêt tranquille, suivant un étroit sentier.

Elric ne mit pas en doute ce que venait de lui dire Corum. Tout, en ce lieu, avait la qualité d'un rêve et il décida de considérer tout ce qui lui arrivait comme faisant partie d'un songe.

— Où allons-nous? demanda-t-il. Vers le château?

Corum secoua la tête.

— D'abord, il nous faut le Troisième Héros — Celui qui A Plusieurs Noms.

— Et vous allez encore user de la sorcellerie?

— Cela ne m'a pas été prescrit. On m'a dit qu'il viendrait à mes devants, arraché à l'Age où il vit par la nécessité de compléter les Trois Qui Sont Un.

— Que signifie ces mots? Les Trois Qui Sont Un?

— J'en sais à peine plus que vous, ami Elric. Si ce n'est qu'il faudra que nous soyons trois afin de rendre la liberté à mon guide prisonnier.

— Ay! murmura Elric d'un ton mélancolique, et il faudra que nous soyons bien plus nombreux encore pour sauver Tanelorn des reptiles de Theleb K'aarna. En ce moment, ils doivent marcher sur la cité.

4

LA TOUR QUI DISPARAÎT

LE sentier se fit plus large.

Ils quittèrent la forêt pour une lande couverte de bruyère haute. Loin à l'ouest, ils pouvaient apercevoir des falaises et, au-delà, le bleu profond de l'océan. Quelques oiseaux tournaient dans le ciel immense. Ce monde semblait paisible et Elric avait quelque mal à admettre que les forces du Chaos le menaçaient. En chemin, Corum lui apprit que son gantelet n'en était pas véritablement un mais la main d'une créature étrangère, greffée à son bras, tout comme son œil était celui d'un être d'ailleurs, ce qui lui permettait d'accéder à la vision d'un monde autre où il pouvait trouver de l'aide quand il le jugeait nécessaire.

— Tout ce que vous me dites me fait paraître les cosmologies et les magies de mon plan bien simples par comparaison, dit Elric avec un sourire calme.

— C'est l'étrangeté de ces choses qui les fait paraître compliquées, dit Corum. Si je me trouvais projeté soudain dans votre monde, ami Elric, il me semblerait certainement incompréhensible. Et je dois ajouter aussi (il se mit à rire) que ce plan n'est nullement le mien, quoiqu'il ressemble par bien des aspects à mon monde originel. Elric, nous avons une chose en commun : nous sommes tous deux condamnés à jouer un rôle dans la lutte constante que se livrent les Seigneurs d'En Haut. Et jamais nous ne comprendrons pourquoi cette lutte existe, pourquoi elle est éternelle. Nous nous battons, nous souffrons dans notre âme et notre esprit, mais sans jamais savoir si cela est juste.

— Vous avez raison, approuva Elric d'un ton sincère, nous avons bien des choses en commun, vous et moi.

Corum s'apprêtait à répondre quand il aperçut une silhouette au-devant d'eux. Celle d'un guerrier à cheval. Il semblait les attendre, parfaitement immobile.

— Peut-être est-ce là, le Troisième dont m'a parlé Bolorhiag...

Ils continuèrent d'avancer avec précaution.

Le guerrier les regardait approcher d'un air songeur. Il était de la même taille qu'Elric et Corum, mais plus massif. Sa peau était d'un noir de jais et il portait sur la tête et les épaules la dépouille d'un ours à la gueule béante. Son armure était aussi noire que sa peau, sans le moindre emblême et, à son côté, pendait une arme à la poignée noire dans un fourreau noir. Il chevauchait un lourd étalon rouan et un épais bouclier rond était attaché à l'arrière de sa selle. Tandis qu'Elric et Corum s'approchaient, une expression de surprise profonde envahit les traits négroïdes du guerrier noir.

— Je vous connais ! s'exclama-t-il. Je vous connais tous les deux !

Elric, lui aussi, croyait reconnaître cet homme, tout comme le visage de Corum lui avait paru quelque peu familier.

— Comment êtes-vous arrivé ici, sur la Lande de Balwyn, mon ami ? demanda Corum.

L'homme le dévisagea comme en un rêve.

— Balwyn Moor ? C'est ici ? Je ne suis là que depuis quelques instants seulement. Avant cela, j'étais... Ah ! Ma mémoire me fuit à nouveau. (Il porta une main puissante à son front.) Un nom... un autre nom ! Elric ! Corum ! Mais je suis... Je suis maintenant...

— Comment connaissez-vous nos noms ? demanda Elric.

La frayeur s'insinuait en lui. Il sentait qu'il n'aurait pas dû poser de questions, qu'il valait mieux ne pas connaître les réponses.

— Parce que... Ne voyez-vous pas ? Je suis Elric, je suis Corum... Oh!! c'est la plus terrible des souffrances... Mais j'ai été Corum, ou Elric, ou bien je le serai...

— Votre nom, seigneur ? demanda à nouveau Elric.

— J'en ai un millier. Car j'ai été un millier de héros. Ahh! Je suis... Je m'appelle John Daker... Erekosë... Urlik... Et tant d'autres, tant d'autres... Tous ces souvenirs, ces existences, ces rêves... (il fixa sur eux le regard de ses yeux douloureux). Ne comprenez-vous pas ? Suis-je donc le seul condamné à comprendre ? Je suis celui que l'on a nommé le Champion Eternel, le héros qui a toujours existé. Mais... Oui, je suis Elric de Melniboné, le Prince Corum Jhaelen Irsei. Je suis vous. Tous trois, nous sommes le même être ainsi qu'une myriade d'autres créatures. Nous ne faisons qu'un — condamné à combattre pour l'éternité sans jamais comprendre pourquoi. Oh! Ma tête est si lourde! Qui me torture donc ainsi ? Qui ?

La gorge sèche, Elric demanda :

— Vous dites que vous êtes une incarnation *de moi* ?

— Vous pouvez l'exprimer ainsi. Mais vous êtes, l'un et l'autre, des incarnations *de moi* !

— Ainsi, dit lentement Corum, c'est ce que Bolorhiag entendait par les Trois Qui Sont Un. Nous sommes des aspects d'un seul homme, mais cependant notre force est triple puisque nous avons été arrachés à trois âges différents. Nous représentons la seule puissance capable de vaincre Voilodion Ghagnasdiak de la Tour qui Disparaît.

— Est-ce le château où est emprisonné votre guide ? demanda Elric tout en jetant un regard de sympathie à l'adresse du guerrier noir qui ne cessait de marmonner.

— Ay! La Tour Qui Disparaît passe sans cesse d'un plan à un autre, sans cesse elle change d'âge et elle n'existe jamais plus de quelques instants en un même lieu. Mais puisque nous sommes trois incarnations différentes d'un héros unique, il est possible que nous puissions avoir recours à quelque magie qui nous permettra de suivre la tour et de l'attaquer. Ensuite, si nous parvenons à libérer mon guide, nous pourrons aller à Tanelorn...

— Tanelorn ? Le guerrier noir regarda Corum et il y avait tout à coup de l'espoir dans ses yeux.

« Moi aussi, je cherche Tanelorn. Là, seulement, j'aurai quelque chance de découvrir un remède contre mon fatal destin qui est d'avoir connaissance de toutes mes incarnations et d'être ballotté entre toutes ces existences ! Tanelorn. Je dois trouver Tanelorn !

— Moi aussi, je dois retrouver Tanelorn, fit Elric, car ses habitants, dans mon plan, courent un grave danger.

— Nous avons donc un but commun aussi bien qu'une même identité, remarqua Corum. Donc, nous nous battons de concert. D'abord, nous libérerons mon guide, puis nous ferons route ensemble.

— Je vous aiderai de tout cœur, dit le géant noir.

— Et comment devrons-nous vous appeler ? demanda Elric. Vous qui êtes nous-mêmes ?

— Appelez-moi Erekosë, bien qu'un autre nom s'impose à moi, car c'est en tant qu'Erekosë que je me suis trouvé le plus proche de l'oubli et de l'amour.

— En ce cas, l'on peut vous envier, Erekosë, dit Elric, pour vous être ainsi approché de l'oubli.

— Vous ne pouvez soupçonner ce qu'il me faut oublier, dit le géant noir en saisissant les rênes de son étalon. Maintenant, ami Corum... Quelle est la route qui conduit à la Tour Qui Disparaît ?

— Celle-ci même. Nous allons à présent descendre vers Darkvale, je présume.

L'esprit d'Elric avait quelque peine à admettre le sens de ce qu'il avait entendu. Cela semblait impliquer que l'univers — ou plutôt le multivers, ainsi que l'avait nommé Myshella — était divisé en strates d'existence, que le Temps était virtuellement un concept sans signification, si ce n'est lorsqu'il se rapportait à l'existence de l'homme ou à de courtes périodes historiques. Et il existait des plans d'existence où l'on ignorait la Balance Cosmique — c'était du moins ce que Corum avait laissé entendre — et d'autres encore où les

Seigneurs d'En Haut disposaient de pouvoirs bien supérieurs à ceux qui étaient les leurs dans le monde d'Elric. Un instant, il se laissa fasciner par l'idée d'oublier Theleb K'aarna, Myshella, Tanelorn et tout le reste pour se vouer à l'exploration de ces mondes infinis. Mais il savait que cela ne pouvait être, car si Erekosë disait vrai, il existait déjà, lui, ou quelqu'un qui était essentiellement lui-même, dans ces plans. La force que l'on nommait « le Destin » l'avait admis en ce monde pour accomplir un dessein précis. Un dessein qui affectait le sort d'un millier de plans et qui devait être important pour l'avoir conduit ici en trois incarnations différentes. Il jeta un regard curieux au géant noir qui chevauchait à sa gauche, puis à l'homme à la main de joyaux, au bandeau précieux. Se pouvait-il vraiment qu'ils fussent lui-même ?

Il en vint à éprouver un peu du désespoir d'Erekosë, condamné à se souvenir de toutes ses incarnations, de toutes ses autres fautes, de tous les conflits absurdes sans jamais savoir quel était le but de tout cela, si toutefois il y avait un but.

— Darkvale, dit Corum en désignant le bas de la colline.

La route suivait une pente raide avant de disparaître dans l'ombre de deux hautes collines. Le lieu dégageait une impression sinistre.

— L'on m'a dit qu'il existait un village ici, autrefois, reprit Corum. L'endroit n'est pas très engageant, n'est-ce pas, mes frères ?

— J'ai vu pire, murmura Erekosë. Venez, finissons-en...

Il stimula son étalon rouan et le lança au grand galop sur le sentier abrupt. Corum et Elric le suivirent. Bientôt, ils furent dans l'ombre des collines. Ils avaient à présent grand-peine à distinguer leur route.

Elric discerna enfin des ruines. Elles se trouvaient de part et d'autre du sentier, au pied des collines. C'était d'étranges ruines aux formes torturées qui ne semblaient pas avoir été causées par quelque guerre du passé. La pierre semblait avoir fondu, comme si le Chaos l'avait touchée au passage.

Corum examina attentivement les ruines, puis arrêta brusquement sa monture.

— C'est cela, dit-il. La fosse. Nous devons attendre là.

Le regard d'Elric se porta sur la fosse. Elle était profonde. Les bords en étaient déchiquetés et la terre semblait avoir été récemment retournée, comme si la fosse, en fait, avait été creusée peu de temps auparavant.

— Et que devons-nous attendre, Corum mon ami ?

— La Tour. Je crois bien que c'est ici même qu'elle apparaît lorsqu'elle se trouve dans ce plan.

— Et quand devrait-elle apparaître ?

— N'importe quand. Il nous faut attendre. Dès que nous l'apercevrons, nous nous porterons en avant et tenterons d'y entrer avant qu'elle ne disparaisse à nouveau pour un autre plan.

Erekosë offrait un visage impassible. Il mit pied à terre et s'assit à même le sol, le dos appuyé contre un fragment de rocher qui était tout ce qui restait d'un mur effondré.

— Vous semblez plus patient que je ne le suis, Erekosë, remarqua Elric.

— J'ai appris la patience, car je vis depuis que le Temps a commencé et je vivrai jusqu'à ce qu'il cesse.

Elric, à son tour, sauta à bas de sa monture noire et desserra sa sangle tandis que Corum allait explorer les abords de la fosse.

— Qui vous a dit que la Tour devait apparaître ici ? lui demanda Elric.

— Un sorcier qui, sans nul doute, est un serviteur de la Loi car, en tant que mortel, je combats le Chaos.

— Tout comme moi, dit Erekosë, le Champion Éternel.

— Tout comme moi, dit Elric de Melniboné, quoique j'aie fait serment de le servir.

Il regarda ses deux nouveaux compagnons et se dit qu'il était possible qu'ils fussent des incarnations de lui-même. Car il était certain que leurs luttes, leurs existences, leurs personnalités, jusqu'à quelque degré, étaient semblables aux siennes.

— Et pourquoi donc cherchez-vous Tanelorn, Erekosë? demanda-t-il.

— L'on m'a dit que je pourrais y trouver la paix et la sagesse, ainsi qu'un moyen de regagner le monde des Eldren où vit celle que j'aime, car il est connu que Tanelorn existe dans tous les plans de l'univers et pour l'éternité et qu'il est plus facile pour celui qui y réside de franchir les plans et de découvrir ce qu'il cherche... Mais quel intérêt portez-vous à Tanelorn, Seigneur Elric ?

— Je connais Tanelorn et je sais que vous avez lieu de la rechercher. Quant à moi, il semble que je doive défendre cette cité dans ce plan. Mais en cette heure, mes amis de Tanelorn pourraient bien être détruits par ce qui a été lancé contre eux. Je prie pour que Corum ne soit pas dans l'erreur et que je trouve dans la Tour Qui Disparaît le moyen de vaincre Theleb K'aarna ainsi que ses bêtes et leurs maîtres...

Corum, alors, porta sa main à son œil de gemmes.

— Quant à moi, je suis en quête de Tanelorn car l'on m'a dit que cette cité pourrait m'aider dans le combat que je mène contre le Chaos.

— Mais jamais Tanelorn ne luttera contre le Chaos ou la Loi, fit Elric. C'est pour cela qu'elle a existé de toute éternité.

— Ay! Tout comme Erekosë, c'est de sagesse dont j'ai besoin et non d'épées !

La nuit tomba et Darkvale se fit plus lugubre encore. Tandis que ses deux compagnons veillaient auprès de la fosse, Elric essayait de dormir, mais ses craintes à l'égard de Tanelorn étaient bien trop grandes pour qu'il pût trouver la paix. Myshella tenterait-elle de défendre la cité ? Tristelune et Rackhir ne risquaient-ils pas de perdre leur vie ?

Quelle sorte d'aide pourrait-il donc trouver à l'intérieur de la Tour Qui Disparaît ? Peu à peu, il prêta l'oreille aux murmures de ses autres moi qui discutaient de la création de Darkvale.

— J'ai entendu dire, déclarait Corum à Erekosë, que

le Chaos attaqua autrefois la ville qui se trouvait dans un vallon tranquille. La tour était alors la propriété d'un chevalier qui offrait asile à tous ceux que le Chaos pouvait haïr. Le Chaos lança contre Darkvale des légions de créatures qui en vinrent à compresser les flancs de la vallée, mais le chevalier, alors, en appela à la Loi qui lui permit de faire passer la tour d'une dimension à l'autre. Le Chaos décréta donc que la tour voyagerait ainsi pour toujours, que jamais elle n'existerait plus de quelques heures dans un plan, et parfois pour quelques instants à peine. A la fin, le chevalier et ses fugitifs devinrent déments et s'entretuèrent. C'est alors que Voilodion Ghagnasdiak découvrit la tour et en devint le nouveau locataire. Il ne comprit que trop tard son erreur, lorsqu'il passa d'un plan à un autre. Depuis, la peur l'empêche de quitter la tour mais il a désespérément soif de compagnie. Il a pris pour coutume de capturer tous ceux qui passent à sa portée afin de s'en faire des compagnons. Lorsqu'ils finissent par l'ennuyer, il les tue.

— Et il se peut que votre guide soit ainsi tué bientôt ? Quelle sorte d'être est donc ce Voilodion Ghagnasdiak ?

— Une créature malveillante et monstrueuse dont les pouvoirs de destruction sont grands, c'est là tout ce que j'en sais.

— C'est pour cela que les dieux ont jugé nécessaire d'en appeler à trois aspects de moi pour attaquer la Tour Qui Disparaît, dit Erekosë. Pour eux, cela doit être important.

— Ça l'est pour moi, dit Corum, car ce guide est aussi mon ami et l'existence des Quinze Plans sera menacée si je ne retrouve pas bientôt Tanelorn.

Erekosë eut un rire amer.

— Pourquoi ne puis-je... Pourquoi ne pouvons-nous jamais nous trouver devant un problème mineur ? Un problème domestique ? Pourquoi faut-il donc toujours que le sort de l'univers soit en jeu ?

Corum répliqua à l'instant où Elric hochait la tête, l'esprit vague : « Peut-être les problèmes domestiques sont-ils pis encore ? Qui peut le dire ? »

5

JHARY-A-CONEL

— ELRIC ! Hâtez-vous ! Elle est là !

Elric se redressa.

C'était l'aube. Il avait monté la garde une fois durant la nuit.

Il sortit l'Epée Noire de son fourreau et remarqua avec quelque surprise que la lame qu'Erekosë brandissait était presque identique à la sienne.

La Tour Qui Disparaît se dressait devant eux.

Corum les avait précédés et courait vers le portail.

La tour était en vérité un château de petite taille, fait de pierre grise, mais des lueurs couraient sur ses créneaux et les contours de ses murailles étaient flous par endroits.

Elric courait au côté d'Erekosë.

— Il ne garde le portail ouvert que pour prendre au piège ses hôtes, lança le géant noir en haletant. C'est notre seul avantage, je crois.

L'image de la tour se mit à vaciller.

— Hâtez-vous ! lança Corum. Et le Prince à la Robe Ecarlate plongea dans les ténèbres du seuil.

« Vite ! »

Ils se retrouvèrent dans une antichambre de petites dimensions éclairée par une lampe à huile accrochée à des chaînes.

Le portail se referma brusquement derrière eux.

Le regard d'Elric se porta d'abord sur le visage noir

et tendu d'Erekosë, puis sur les traits blafards de Corum. Ils avaient tous trois l'épée à la main et le silence était absolu dans cet endroit. Sans prononcer un mot, Corum leur désigna une meurtrière. La vue alentour avait changé. La tour semblait à présent dominer une mer d'un bleu profond.

— Jhary ! appela Corum. Jhary-a-Conel !

Il y eut un bruit très faible. Ce pouvait être une réponse à l'appel de Corum aussi bien que le cri d'un rat quelque part derrière les murailles.

— Jhary ! cria de nouveau Corum. Voilodion Ghagnasdiak ? Allez-vous m'affronter ou bien avez-vous quitté les lieux ?

— Je ne les ai pas quittés. Que voulez-vous de moi ?

La voix provenait de la pièce voisine. Les trois héros qui n'en étaient qu'un seul s'avancèrent, sur leurs gardes.

Quelque chose qui aurait pu être un éclair palpitait dans l'ombre de la salle et, à sa clarté funeste, Elric put enfin distinguer Voilodion Ghagnasdiak.

C'était un nabot revêtu de fanfreluches de soie multicolores, de fourrures et de satins. Il tenait dans sa main minuscule une épée dérisoire. Sa tête était trop grosse pour son corps, mais elle était belle, avec d'épais sourcils noirs qui se rejoignaient au-dessus du nez. Il souriait.

— Enfin, de nouveaux venus pour soulager mon ennui. Mais abaissez vos épées, messieurs, je vous le demande, car vous êtes mes invités.

— Je connais le destin qui est réservé à vos invités, dit Corum. Sachez-le bien, Voilodion Ghagnasdiak, nous sommes venus afin de libérer Jhary-a-Conel que vous retenez prisonnier. Rendez-le-nous et nous ne vous ferons aucun mal.

Les traits harmonieux du nain exprimèrent la joie en même temps que l'assurance la plus absolue.

— Mais je suis très puissant, dit-il. Vous ne pourrez me défaire. Regardez...

Il agita son épée et l'éclair devint plus intense. Elric leva Stormbringer, mais à aucun moment l'éclair ne toucha la lame. Empli d'une soudaine fureur, il s'avança.

— Sache bien cela, Voilodion Ghagnasdiak : je suis Elric de Melniboné et ma puissance est grande. Je porte l'Epée Noire. Elle a soif et elle se délectera de ton âme si tu ne relâches point l'ami du Prince Corum !

Le nabot rit à nouveau.

— Des épées ? Mais quel pouvoir pourraient-elles donc bien posséder ?

— Ce ne sont pas là des épées ordinaires, intervint Erekosë. Et nous avons nous-mêmes été conduits ici par des forces qui dépassent votre entendement. Nous avons été arrachés à nos âges par le pouvoir des dieux eux-mêmes. Pour demander que ce Jhary-a-Conel nous soit rendu.

— Vous avez été trompés, dit alors Voilodion Ghagnasdiak, ou bien vous cherchez à m'abuser. Ce Jhary est bien spirituel, je vous l'accorde, mais quel intérêt peut-il donc présenter pour les dieux ?

Elric brandit Stormbringer. La Lame Noire émit une plainte gourmande, espérant le sang.

C'est alors que le nain fit surgir de nulle part une minuscule boule jaune qu'il lança dans la direction de l'albinos. Elle rebondit sur son front et il fut aussitôt projeté à travers la salle tandis que Stormbringer était arrachée à sa main. A demi inconscient, Elric tenta de se redresser, de reprendre son épée, mais toute force semblait l'avoir abandonné. Il voulut appeler Arioch à son secours, mais il se souvint qu'Arioch avait été banni de ce monde. Il n'avait en ce lieu aucun allié surnaturel qu'il pût invoquer. Il ne lui restait que son épée et il ne pouvait plus la brandir.

Erekosë sauta en arrière et, du pied, lança l'Epée Noire dans la direction d'Elric. La main de l'albinos se referma sur la poignée et il sentit un peu de force affluer en lui. Mais il ne valait guère plus, pour l'heure, que le plus commun des mortels. Il se releva pourtant.

Corum n'avait pas bougé de l'endroit où il se trouvait. Et le nabot continuait de rire. Une autre boule apparut dans sa main. Il la lança à nouveau vers Elric mais, cette fois, l'Epée Noire la para à temps. Elle rebondit à travers la pièce et alla exploser contre la paroi la plus éloignée. Quelque chose de noir se débattit dans les flammes.

— Il est dangereux de détruire ainsi les globes, dit Voilodion Ghagnasdiak, car maintenant ce qui est en eux va te détruire.

Les flammes moururent. Mais la chose noire continuait de croître.

— Je suis libre, dit une voix.

— Ay! s'exclama joyeusement Voilodion Ghagnasdiak. Oui, tu es libre de tuer ces idiots qui ont rejeté mon hospitalité.

— Tu es libre de te faire pourfendre, dit Elric en regardant la chose prendre forme.

Tout d'abord, ce fut comme une chevelure flottant au vent. Puis cela se résorba pour dessiner enfin le profil d'une lourde créature musculeuse, un gorille au cuir épais et verruqueux comme celui d'un rhinocéros. Derrière les épaules apparaissaient de grandes ailes noires et recourbées et la tête était celle d'un tigre féroce. Dans ses mains velues, la créature tenait une arme à l'aspect de faucille. Avec un rugissement, la chose lança soudain la faucille qui manqua Elric de justesse.

Erekosë et Corum se portèrent à son aide.

— Mon œil! lança Corum. Jamais il ne pourra voir dans les régions du bas. Je ne peux invoquer aucune aide!

Les pouvoirs magiques du Prince Corum semblaient lui faire tout autant défaut dans ce plan. Voilodion Ghanasdiak lança alors une nouvelle boule jaune vers le géant noir et l'homme à la main de gemmes. L'un et l'autre réussirent à les dévier et, ce faisant, à les faire éclater. Aussitôt, des formes en émergèrent pour devenir deux hommes-tigres ailés et les compagnons d'Elric se trouvèrent, comme lui, réduits à la défensive.

Tout en évitant un nouveau coup de faucille, Elric essaya de se rappeler quelque rune qui pourrait lui apporter une aide, mais il n'en trouva aucune qui pût avoir effet dans le plan où il se trouvait. Il porta un coup à l'homme-tigre, mais il fut bloqué par la faucille.

Son adversaire se révélait aussi puissant que vif. Les ailes noires se mirent à battre et la créature grondante s'envola vers le plafond. Elle plana un instant, puis se lança à l'assaut avec un cri aigu, les yeux flamboyants, en faisant tournoyer sa faucille.

Elric ressentit alors une émotion qui ressemblait à la panique. Stormbringer ne lui donnait pas la force dont il avait besoin et, dans ce plan, tous ses pouvoirs semblaient atténués. Ce fut à grand-peine qu'il para un nouveau coup de faucille et porta un coup d'estoc à la cuisse de son adversaire. La lame pénétra la chair mais il n'y eut pas de sang. L'homme-tigre resta indifférent. Il s'élança à nouveau vers le plafond.

Elric vit que ses compagnons étaient acculés de même. La consternation se lisait sur les traits de Corum. Le Prince avait dû s'attendre à une victoire facile et il craignait à présent la défaite.

Voilodion Ghagnasdiak continuait de hurler sa joie tout en lançant de nouvelles boules jaunes à travers la salle. Au fur et à mesure, de nouvelles créatures rugissantes apparaissaient et le lieu en fut bientôt empli. Elric, Erekosë et Corum battirent alors en retraite vers la paroi la plus éloignée. Les monstres les encerclèrent bien vite, dans un concert de criaillements aigus et le bruit de leurs ailes.

— Je crains de vous avoir invoqués pour rencontrer la mort, dit Corum d'un ton haletant. Nul ne m'avait prévenu que nos pouvoirs seraient aussi limités ici. La tour doit changer si vite de plan que les lois de la sorcellerie ne peuvent jouer à l'intérieur de ses murailles.

— Elles semblaient pourtant jouer pour le nain, remarqua Elric en parant une faucille, puis une autre. Si seulement je pouvais abattre un seul de ces...

Il avait à présent le dos contre la pierre. Une faucille effleura sa joue et le sang perla. Une autre déchira sa cape, une troisième entailla son bras. Les tigres humains rapprochèrent un peu plus leurs faces grimaçantes.

Elric porta un coup à son adversaire le plus proche et lui trancha net l'oreille. La créature hurla et Stormbrin-

167

ger lui répondit tout en lui perçant la gorge. Mais la lame pénétra à peine dans la chair et la créature ne fut déséquilibrée que pour un bref instant.

Elric en profita pour lui arracher sa faucille des mains et, retournant l'arme, il frappa l'homme-tigre en plein dans la poitrine. Le sang jaillit et la créature se mit à hurler.

— J'avais raison lança Elric à l'adresse de ses compagnons. Seules leurs propres armes peuvent quelque chose contre eux !

Il s'élança en avant, brandissant la faucille d'une main et Stormbringer de l'autre. Les créatures-tigres battirent en retraite, puis s'envolèrent vers le plafond.

Elric courut alors jusqu'à Voilodion Ghagnasdiak. Le nain poussa un cri de terreur et s'enfuit par une porte trop petite pour qu'Elric pût le suivre.

C'est alors que, dans un grand battement d'ailes, les créatures attaquèrent à nouveau.

Les deux compagnons d'Elric, cette fois, se défendirent afin de s'emparer des faucilles de leurs adversaires.

Elric repoussa l'homme-tigre qui l'attaquait et, se rapprochant de Corum, il trancha la tête de la créature qui le menaçait. Corum, alors, rangea son épée au fourreau, prit la faucille et, presque aussitôt, abattit un troisième adversaire. D'un coup de pied, il envoya promener la faucille en direction d'Erekosë. Des plumes noires volèrent dans l'air empuanti. Les dalles du sol étaient rendues glissantes par le sang. Les trois héros réussirent à se frayer un chemin jusqu'à la petite pièce par laquelle ils étaient venus. Les créatures-tigres les suivirent mais, à présent, il leur fallait franchir le seuil.

Elric, détournant brièvement le regard, vit la meurtrière ouverte dans la muraille. Au-dehors, le paysage se modifiait constamment au fur et à mesure que la Tour Qui Disparaît poursuivait son errance entre les différents plans d'existence. Les trois compagnons étaient maintenant à la limite de leurs forces et avaient perdu du sang par chacune de leurs blessures. Dans le battement des ailes noires, les cris incompréhensibles des créatures, le combat se poursuivait, les faucilles claquant contre les faucilles. Des faces hideuses et rugissantes crachaient sur les trois compagnons et Elric ne résistait que par le regain de force que lui infusait son épée forgée par l'Enfer. Par deux fois il défaillit et fut soutenu par les autres. Devait-il donc périr dans quelque monde étranger sans que jamais ses amis n'aient pu savoir de quelle façon ? Et puis, il se souvint que ses amis étaient à présent aux prises avec les monstres reptiliens que Theleb K'aarna avait lancés contre Tanelorn et que, très bientôt, ils seraient morts. A cette pensée, il retrouva quelque force qui lui permit de planter sa faucille dans le ventre d'une autre créature-tigre.

Par le creux ainsi créé dans les rangs de leurs monstrueux adversaires, il put apercevoir la petite porte qui se trouvait à l'autre extrémité de la salle voisine. Voilodion Ghagnasdiak était accroupi, occupé à lancer d'autres boules jaunes et d'autres hommes-tigres venaient remplacer ceux qui étaient tombés.

Elric, à cet instant, entendit le cri de Voilodion Ghagnasdiak et vit que quelque chose lui recouvrait la face. C'était un animal blanc et noir pourvu de petites ailes noires. Se pouvait-il que ce fût là quelque atroce progéniture des bêtes qui les avaient attaqués ? Il n'aurait su le dire. Mais, selon toute évidence, Voilodion Ghagnasdiak était terrifié et tentait de se soustraire à l'animal.

Un être nouveau fit alors son apparition derrière le nabot. Des yeux étincelaient d'intelligence dans un visage encadré par une longue chevelure noire. Cette nouvelle apparition était ostensiblement vêtue comme le nain mais apparemment dépourvue d'arme. Elle semblait s'adresser à Elric, et l'albinos, au plus fort de son combat contre une créature-tigre, essaya de comprendre quelques mots sans y parvenir.

— Jhary ! lança à cet instant Corum.

— Est-ce donc lui que nous sommes venus sauver ? demanda Elric.

— Ay !

Elric voulut alors s'avancer, mais Jhary-a-Conel lui

fit signe de demeurer en arrière et cria : « Non, non ! Ne vous avancez pas ! »

Elric resta sur place, le front plissé. Il était sur le point de demander la raison de cet ordre lorsqu'il fut soudainement attaqué de part et d'autre par deux créatures-tigres et forcé de battre en retraite en frappant de la faucille à gauche et à droite.

— Prenez-vous la main ! lança alors Jhary-a-Conel. Corum au centre !... Et vous deux, tirez vos épées !

Elric était pantelant. Il abattit un autre adversaire et ressentit une douleur nouvelle dans la jambe. Il vit le sang jaillir de son mollet.

Voilodion Ghagnasdiak se débattait toujours contre l'être noir et blanc accroché à son visage.

— Vite cria Jhary-a-Conel. C'est votre seule chance — et la mienne aussi !

Elric regarda Corum.

— Il a raison, mon ami, dit Corum. Il sait bien des choses que nous ignorons. Je vais me mettre au centre... Là.

Erekosë noua son bras d'ébène autour de Corum et Elric fit de même. Erekosë, alors tira son épée de la main gauche et Elric brandit Stormbringer de la main droite.

Et quelque chose commença alors à se passer. Un flux d'énergie leur parvint, puis une sensation de grand bien-être. Elric observa ses compagnons et se mit à rire. Tout se passait comme si, en combinant leurs forces, ils étaient devenus quatre fois plus forts, comme s'ils avaient formé une seule entité.

Il fut alors envahi par une euphorie très particulière et il sut alors qu'Erekosë avait dit vrai — qu'ils étaient trois aspects d'un seul et même être.

— Achevons-les ! cria-t-il, et il comprit que ses deux compagnons criaient en cet instant la même chose. En riant, ils se ruèrent à l'assaut et les épées se mirent à tailler de toutes parts tandis que des forces neuves affluaient en eux.

Les créatures-tigres s'affolèrent et se mirent à voleter frénétiquement dans la salle tandis que les Trois Qui Etaient Un les poursuivaient de leurs coups. Les trois héros étaient couverts du sang de leurs ennemis et du leur, mais ils combattaient en riant, invulnérables, unis dans le massacre. C'est à cet instant que la salle se mit à vibrer sous leurs pas et qu'ils entendirent Voilodion Ghagnasdiak crier :

« La tour ! La tour ! Elle va être détruite ! »

Elric se redressa devant son dernier cadavre. Oui, c'était vrai : la tour penchait comme un vaisseau pris dans la tempête.

Jhary-a-Conel ignora le nabot et s'avança dans la pièce de mort. Le spectacle parut lui être insupportable mais il contrôla son émotion.

— C'est vrai. La sorcellerie dont nous avons usé aujourd'hui doit produire ses effets. Ici, Moustache !

La chose qui recouvrait le visage de Voilodion Ghagnasdiak s'envola alors et vint se poser sur l'épaule de Jhary. Et Elric ne vit plus qu'un petit chat blanc et noir, tout à fait normal, si l'on exceptait les deux ailes qu'il repliait docilement.

Voilodion Ghagnasdiak, effondré près du seuil, laissait les larmes couler de ses yeux aveugles. Des larmes de sang qui lacéraient son beau visage.

Elric se précipita dans l'autre salle, rompant ainsi son lien avec Corum. Il regarda par la meurtrière et ne distingua que des nuages mouvants, mauves et violets.

— Mais nous sommes dans les limbes ! s'exclama-t-il.

Seul le silence lui répondit. La tour se balançait toujours. Les lumières furent éteintes par un vent étrange et la seule clarté qui subsista alors était celle de la brume qui semblait tourbillonner au-dehors.

Le visage sombre, Jhary-a-Conel rejoignit Elric.

— Comment saviez-vous ce qu'il fallait faire ? lui demanda l'albinos.

— Parce que je vous connais, Elric de Melniboné — tout comme je connais Erekosë. Car j'ai voyagé dans bien des âges et dans bien des plans. C'est pour cela que l'on m'appelle parfois le Compagnon des Champions. Il me faut trouver mon épée, mon sac, et aussi mon chapeau. Je ne doute pas qu'ils soient dans le caveau de Voilodion avec tout son butin...

— Mais la tour ?... Si elle vient à être détruite... le serons-nous aussi ?

— C'est possible. Venez, ami Elric : aidez-moi à retrouver mon chapeau.

— En un tel instant, vous cherchez... un chapeau ?...

— Ay !

Jhary-a-Conel retourna dans la grande salle en caressant le chat noir et blanc. Voilodion Ghagnasdiak s'y trouvait toujours et pleurait encore.

— Prince Corum — Seigneur Erekosë... Voulez-vous me suivre également ?...

Corum et le géant noir se joignirent à Elric et ils s'enfoncèrent dans le couloir étroit, progressant lentement jusqu'à ce qu'il s'élargisse à nouveau pour déboucher sur un escalier conduisant vers le bas. La tour trembla encore. Jhary alluma une torche et l'ôta du mur. Il se mit à descendre les marches, suivi par les trois héros.

Un plan de maçonnerie se détacha de la toiture et vint s'écraser devant Elric.

— Je préférerais chercher un moyen de quitter cette tour, dit-il à Jhary-a-Conel. Si elle s'écroule maintenant, nous serons enterrés.

— Faites-moi confiance, Prince Elric, se contenta de dire Jhary.

Et, sans doute parce que le dandy avait déjà fait montre de ses connaissances, Elric le laissa poursuivre son chemin vers les entrailles de la tour.

Ils parvinrent enfin à une chambre circulaire dans laquelle se trouvait une massive porte de métal.

— Le caveau de Voilodion, dit Jhary. Ici, vous trouverez tout ce que vous cherchez. Quant à moi, j'espère bien y trouver mon chapeau. Il a été fait spécialement pour moi et c'est bien le seul qui aille avec mes habits...

— Comment ouvrir une porte telle que celle-ci ? demanda Erekosë. Elle est en acier, très certainement !

Il leva la lame noire qu'il tenait encore de la main gauche.

— Si vous joigniez encore une fois vos bras, mes amis, proposa Jhary avec une déférence quelque peu ironique, je pourrais vous montrer comment s'ouvre cette porte.

Elric, Corum et Erekosë s'exécutèrent une fois encore et, une fois encore, la force surnaturelle se déversa en eux et ils rirent, conscients de ne faire qu'une seule et même créature.

La voix de Jhary parvint faiblement aux oreilles d'Elric.

— A présent, Prince Corum, disait-elle, si vous frappiez la porte de votre pied une seule fois...

Ils se rapprochèrent de la porte. Celui des trois qui répondait au nom de Corum lança un coup de pied contre la panneau d'acier... et la porte tomba comme si elle n'avait été faite que du bois le plus léger.

Cette fois, Elric eut un peu plus de mal à rompre le lien qui l'unissait aux autres. Jhary, déjà, pénétrait dans le caveau avec un rire de satisfaction.

La tour bascula. Les trois héros furent précipités de force dans le caveau de Voilodion à la suite de Jhary. Elric tomba lourdement contre un énorme siège doré qu'il avait vu utiliser comme selle pour un éléphant. Son regard explora les lieux. Le caveau était empli d'objets de valeur, de vêtements, d'armes, de chaussures. Il éprouva une brusque nausée en réalisant que tout avait appartenu à ceux que Voilodion avait choisi d'appeler ses invités.

Jhary était fort occupé à extraire quelque chose de sous un entassement de pelleterie.

— Regardez, Prince Elric. C'est ce qu'il vous faut pour Tanelorn.

Il lui présentait un fagot de longues baguettes roulées dans de minces feuilles de métal.

Elric le prit et constata que la chose était lourde.

— Qu'est-ce donc ?

— Les bannières de bronze et les flèches de quartz. Des armes bien utiles contre les hommes reptiliens de Pio et leurs montures.

— Vous connaissez ces reptiles ? Mais vous devez donc connaître Theleb K'aarna également ?

— Le sorcier de Pan Tang ? Ay ! Oui, je le connais.

Le regard d'Elric se fit alors presque soupçonneux.

— Comment pouvez-vous donc savoir tout cela ?

— Je vous l'ai dit. J'ai vécu bien des existences en tant que Compagnon des Héros. Déployez ce fagot lorsque vous serez de retour à Tanelorn. Servez-vous des flèches de quartz comme de lances. Quant aux bannières de bronze, il suffit de les dérouler. Aha !

Jhary plongea soudain derrière un sac de joyaux et réapparut avec un chapeau plutôt poussiéreux qu'il tapota rapidement avant de le placer sur sa tête.

— Ah !

Il se pencha une fois encore pour saisir un gobelet qu'il tendit au Prince Corum.

— Prenez-le. Il vous sera utile, je pense.

Dans un autre recoin, Jhary trouva un petit sac qu'il jeta par-dessus son épaule. Puis, comme s'il obéissait à une dernière pensée, il fouilla dans un coffre de bijoux et y prit un anneau fait de pierres inconnues et d'un métal étrange.

— Erekosë, ceci sera votre récompense pour m'avoir aidé à échapper à mon geôlier.

Erekosë eut un sourire : « Jeune homme, dit-il, j'ai l'impression que vous n'aviez nullement besoin d'aide.

— Vous vous trompez, mon ami. Je crois bien n'avoir jamais couru plus grand danger.

Sur ce, Jhary promena un regard vague sur le caveau et tituba comme le sol s'inclinait de façon plus qu'alarmante.

— Nous devrions nous apprêter à nous enfuir, dit Elric.

— Exactement !

Jhary-a-Conel se précipita vers la paroi opposée.

« La dernière chose. Dans son orgueil, Voilodion m'a révélé ses richesses, mais il n'en connaissait pas toute la valeur. »

— Que voulez-vous dire ? demanda le Prince à la Robe Ecarlate.

— Il a tué le voyageur qui possédait ceci. Le voyageur ne se trompait pas lorsqu'il pensait posséder le moyen d'empêcher la tour de disparaître, mais il n'a pas eu le temps de le prouver. Voilodion a eu sa vie bien avant. (Jhary leur présenta un bâton dont la couleur était d'un ocre terne.) Le voici. Le Runestaff. Hawkmoon l'avait lorsque je l'ai accompagné vers le Ténébreux Empire...

Remarquant alors leur perplexité, Jhary-a-Conel, compagnon des Champions, jugea bon de s'excuser : « Je suis navré. J'oublie parfois que nous ne détenons pas tous les souvenirs de toutes nos vies... »

— Qu'est-ce que le Runestaff ? demanda Corum.

— Une description me revient... mais je n'excelle guère à décrire ou reconnaître les choses...

— Je n'ai pas été sans le remarquer, fit Elric, réprimant un sourire.

— Le Runestaff est un objet qui ne peut exister que dans un ensemble particulier de lois spatiales et temporelles. Afin de persister, il doit générer un champ pour le contenir. Et ce champ doit s'accorder aux lois — celles-là par lesquelles nous survivons.

De nouveaux fragments de maçonnerie tombèrent du toit.

— La tour est en train de se fracasser ! gronda Erekosë.

Jhary caressa lentement le bâton ocre et dit : « Mes amis, rassemblez-vous autour de moi. »

Les trois héros vinrent tout contre lui. C'est alors que le toit de la tour tomba. Mais pas sur eux. Car ils se trouvaient maintenant sur la terre ferme et l'air qu'ils respiraient était frais. Des ténèbres les entouraient.

— Ne sortez pas de ce petit cercle, dit Jhary. Sinon, c'en serait fini de vous. Laissez le Runestaff chercher ce que nous cherchons.

Ils virent le sol changer de couleur. L'air se fit tour à tour plus doux, puis glacé. Ils avaient le sentiment de passer successivement d'un plan de l'univers à un autre sans jamais voir rien de plus que les quelques centimètres de sol autour de leurs pieds.

Et puis, tout à coup, ils foulèrent le sable du désert et Jhary cria : « Allons-y ! »

Ils plongèrent tous les quatre dans la nuit pour se retrouver brusquement baignés par un soleil ardent, sous un ciel semblable à du métal martelé.

— Un désert, murmura Erekosë. Un désert immense...

— Ne le reconnaissez-vous point, ami Elric ? demanda Jhary en souriant.

— Est-ce bien là le Désert des Soupirs ?

— Ecoutez.

Et Elric entendit la plainte lugubre et si familière du vent qui courait tristement entre les dunes. A quelques pas de là, il vit le Runestaff, là où ils l'avaient abandonné. Et puis, il disparut.

— Viendrez-vous tous avec moi afin de défendre Tanelorn ? demanda-t-il à Jhary.

— Non. Nous allons dans l'autre direction, ami Elric. Il nous faut trouver la machine que Theleb K'aarna a mise en marche avec l'aide des Seigneurs du Chaos. Où se trouve-t-elle, selon vous ?

Elric essaya de prendre quelques repères. Il tendit un doigt hésitant.

— Par là, je pense...

— Alors, nous allons nous mettre en marche dès maintenant.

— Mais il me faut porter secours à Tanelorn.

— Lorsque nous nous serons servi de la machine, il vous faudra la détruire, ou bien nous courrons le risque que Theleb K'aarna ne l'utilise à nouveau.

— Mais Tanelorn...

— Je ne crois pas que le sorcier de Pan Tang et ses bêtes aient déjà atteint la cité.

— Mais le temps a passé !

— Moins d'un jour, ami Elric, moins d'un jour...

Elric passa lentement la main sur son visage et dit à regret : « Très bien. Je vais vous conduire jusqu'à la machine. »

— Mais si Tanelorn est si proche, déclara Corum à l'adresse de Jhary. Pourquoi donc la chercher ailleurs ?

— Parce que ce n'est pas la Tanelorn que nous voulons trouver, dit Jhary.

— Je m'en accommoderai, dit Erekosë. Je pense que je vais accompagner Elric. Peut-être, ensuite...

Une expression qui ressemblait à de la terreur se répandit sur les traits de Jhary.

Il dit, et sa voix était triste : « Mon ami... Déjà, une grande part de l'espace et du temps est menacée d'être détruite. Les barrières éternelles pourraient bientôt être abattues et la matière du multivers serait ainsi bientôt flétrie. Vous ne comprenez pas. Une chose comme celle qui s'est produite dans la Tour Qui Disparaît ne peut se reproduire qu'une fois durant l'éternité, et le danger ne cesse d'exister pour tous les êtres concernés. Il faut faire ce que je vous dis. Je vous promets que vous aurez tout autant de chances de trouver Tanelorn là où je vous conduirai. Et cette chance dépend de l'avenir d'Elric. »

Erekosë inclina la tête et dit simplement : « Très bien. »

— Venez donc, dit Elric d'un ton impatient en se tournant vers le nord-est. Vous parlez de Temps, alors que mes moments sont précieux.

6

SEIGNEUR PÂLE
CRIANT SOUS LE SOLEIL

La machine était toujours au centre de la coupe de cristal, là où Elric l'avait vue pour la dernière fois, avant de plonger dans le monde de Corum.

Elle semblait familière pour Jhary. Très vite, il fit battre plus fortement son cœur et demanda à Corum et Erekosë de s'adosser contre le cristal. Puis il tendit une petite fiole à Elric.

— Lorsque nous serons partis, lui dit-il, lancez cela par-dessus le bord de la coupe, courez vers votre cheval que j'ai aperçu à quelque distance, et galopez vers Tanelorn. Suivez très exactement mes instructions et cela nous servira tous.

— Très bien, dit Elric en prenant la fiole.

Jhary rejoignit Corum et Erekosë, puis, se retournant, il ajouta : « Et transmettez mes compliments à mon frère Tristelune. »

— Vous le connaissez donc ? Qu'est-ce...

— Adieu, Elric ! Il est certain que nous aurons encore à nous rencontrer bien des fois dans l'avenir, encore qu'il se peut que nous ne nous reconnaissions pas.

Le battement de la chose dans la coupe se fit plus puissant, le sol trembla et les ténèbres revinrent sur eux. Les trois héros étaient partis. Rapidement, Elric lança la fiole vers le haut de la coupe, puis se précipita vers sa jument dorée, sauta en selle avec le fagot que lui avait confié Jhary et s'élança vers Tanelorn.

Derrière lui, le battement cessa. Les ténèbres refluèrent et un silence menaçant s'établit. Puis Elric entendit le souffle d'un géant tandis qu'une aveuglante lueur bleue ruisselait sur le désert. Il se retourna alors seulement. La machine et la coupe avaient disparu, ainsi que les rochers qui les avaient entourées.

Il les rattrapa peu avant qu'ils aient atteint Tanelorn. Elric distingua des guerriers sur les murs de la cité.

Les monstres reptiliens guidés par leurs répugnants maîtres reptiliens laissaient des traces profondes dans le désert. Theleb K'aarna allait devant, monté sur un étalon bai et quelque chose était enroulé en travers de sa selle.

Une ombre passa alors au-dessus d'Elric et il leva la tête. C'était l'oiseau de métal, la monture de Myshella. Mais il ne portait personne, pour l'heure. Il tournait au-dessus des grands reptiles au dos voûté dont les maîtres décochaient des traits sifflants de feu à l'aide de leurs armes bizarres. L'oiseau de métal reprenait régulièrement de l'altitude pour leur échapper mais il ne cessait pour autant de tournoyer. Pourquoi était-il là seul, sans Myshella ? Il poussait à intervalles réguliers un cri déchirant issu de sa gorge de métal et Elric crut reconnaître le pathétique appel d'une mère oiseau dont la nichée est en danger.

Son regard revint à Theleb K'aarna et au rouleau jeté en travers de sa selle et il comprit soudain que c'était Myshella elle-même que le sorcier emportait. Elle avait sans doute cru qu'Elric était mort et, désespérée, elle avait attaqué Theleb K'aarna pour être vaincue.

La fureur gagna Elric. La haine qu'il éprouvait pour le sorcier brûla dans ses veines et il porta la main à son épée diabolique. Mais, au même instant, ses yeux se posèrent sur les fragiles murailles de Tanelorn, sur ses braves compagnons rassemblés sur les remparts, et il sut que son premier devoir était de leur venir en aide.

Mais comment pourrait-il gagner la cité sans que Theleb K'aarna ne l'aperçoive ? Comment pouvait-il espérer faire parvenir les bannières de bronze à ses amis ?

Il se prépara à lancer sa monture droit sur Tanelorn avec l'espoir d'échapper à ses ennemis. Puis, à nouveau, il sentit une ombre sur lui et vit que l'oiseau était revenu. Il volait très bas et il y avait comme de la souffrance dans ses yeux d'émeraude.

— Prince Elric ! dit l'oiseau. Nous devons la sauver !...

Il secoua la tête tandis que l'oiseau se posait dans le sable, non loin de lui.

— Il me faut d'abord sauver Tanelorn.

— Je vous aiderai, dit l'oiseau d'airain, d'or et d'argent. Montez en selle.

Elric lança un regard vers les monstres reptiliens. Leur attention était pour l'instant totalement prise par la cité qu'ils allaient détruire. Il sauta à terre et courut dans le sable. Il fut très vite sur la grande selle d'onyx de l'oiseau. Les ailes se mirent à battre et ils s'élancèrent dans le ciel vers Tanelorn.

Des traits de feu jaillirent du désert, mais l'oiseau les évita en voletant de droite à gauche. Ils ne tardèrent pas à planer au-dessus de la ville tranquille pour venir se poser sur l'une des murailles.

— Elric !

Tristelune courait vers eux sur les remparts.

« On m'avait dit que tu étais mort ! »

— Qui te l'a dit ?

— Myshella... Et Theleb K'aarna, quand il nous a demandé de nous rendre !

— Je suppose qu'ils avaient toute raison de le croire, dit Elric en ôtant du fagot les hampes autour desquelles étaient enroulées les minces feuilles de bronze.

« Prends cela, Tristelune. L'on m'a assuré que ce serait efficace contre les reptiles de Pio. Déploie-les sur les murailles de la cité... Salut à toi, Rackhir ! »

Il tendit d'autres bannières de bronze à l'Archer Rouge qui venait d'accourir jusqu'à eux.

— Tu ne restes pas pour te battre à nos côtés ? demanda Rackhir.

Elric regardait les douze flèches qu'il tenait dans la

main. Chacune d'elle était incrustée de quartz multicolore et l'empennage lui-même semblait fait de plumes véritables.

— Non, dit-il enfin. J'espère sauver Myshella des mains de Theleb K'aarna. Et c'est depuis les airs que ces flèches me seront le plus utiles.

— Lorsqu'elle t'a cru mort, Myshella est devenue comme folle, dit Rackhir. Elle a conjuré différents sorts contre Theleb K'aarna, mais il s'est défendu. Finalement, elle s'est jetée de son oiseau — celui-là même que tu chevauches — avec un couteau pour seule arme. Mais il s'est montré le plus fort et il a menacé alors de la tuer si nous n'acceptions pas d'être massacrés sans riposter. Mais je sais qu'il aurait tué Myshella de toute manière. Pour moi, c'était une crise de conscience...

— J'espère la résoudre pour toi, dit Elric en flattant le col de l'oiseau métallique. Allons, mon ami, il nous faut regagner les airs. Mais souviens-toi bien, Rackhir, de déployer ces bannières sur les murailles dès que je serai suffisamment haut.

L'Archer Rouge acquiesça, perplexe, et une fois encore Elric se retrouva au-dessus de la cité, sa main serrant les flèches de quartz.

Il entendit le rire de Theleb K'aarna et vit les monstrueux reptiles qui se ruaient à l'assaut de Tanelorn. Les portes de la cité s'ouvrirent soudain et un groupe de cavaliers apparut. Ils avaient à l'évidence l'intention de se sacrifier pour Tanelorn et Rackhir n'avait pas eu le temps de les prévenir du message apporté par Elric.

Ils chargèrent droit sur les monstres de Pio, brandissant haut leurs lances et leurs épées et Elric perçut l'écho de leurs cris de guerre. Les monstres grondèrent et leurs mâchoires s'ouvrirent béantes tandis que leurs maîtres dirigeaient leurs armes ornementées vers les cavaliers de la cité. Le feu jaillit des embouchures et les flammes dévorèrent les cavaliers hurlants.

Horrifié, Elric fit descendre l'oiseau de métal vers le sol. Theleb K'aarna l'aperçut enfin et fit arrêter sa monture. Il y avait de la peur et de la rage dans ses yeux.

— Tu es mort ! lança-t-il. Tu es mort !

Les grandes ailes de métal battirent au-dessus de la tête du sorcier de Pan Tang.

— Je suis vivant, Theleb K'aarna ! lança Elric. Et je suis venu pour te détruire enfin. Rends-moi Myshella !

Une expression de ruse apparut sur le visage du sorcier.

— Non. Si tu me détruis, elle périra également. Créatures de Pio ! Lancez toute votre puissance contre Tanelorn et montrez donc à ce fou ce que nous pouvons faire !

Chacun des cavaliers reptiliens braqua alors son arme bizarre sur la cité, sur Rackhir, Tristelune et tous ceux qui se trouvaient sur les remparts.

— Non ! cria Elric. Tu ne peux pas faire ça !

Quelque chose se mit à luire sur les murailles. Elric comprit que l'on déployait enfin les bannières de bronze. Et comme chaque pièce de métal se déroulait, une lumière d'or pur se mettait à briller. Un immense mur de lumière entoura bientôt la cité. Les bannières et les hommes disparurent dans les reflets dorés. Les créatures de Pio pointèrent alors leurs armes et firent feu, et la barrière d'or renvoya tous les traits de feu.

La colère pouvait se lire sur le visage de Theleb K'aarna.

— Qu'est-ce donc là ? Notre magie terrestre ne peut rien contre la puissance de Pio !

Elric eut un sourire farouche.

— Mais ce n'est pas notre magie, Theleb K'aarna. C'est une autre sorcellerie qui peut résister à Pio ! A présent, rends-moi Myshella !

— Non. Tu n'es pas protégé comme Tanelorn. Créatures de Pio — détruisez-le !

A l'instant où les armes étranges se tournaient contre lui, Elric tira la première des flèches de quartz. Elle alla se planter droit dans la face du premier des cavaliers reptiliens. La créature de Pio poussa une plainte suraiguë tandis que ses mains palmées se refermaient sur l'empennage de la flèche qui venait de lui crever l'œil. Sa monstrueuse monture se cabra car il était évident qu'elle était difficilement contrôlée. Elle se détourna de la lueur fulgurante qui venait de Tanelorn et le désert résonna sous le tambourinement formidable de son galop. Le cavalier mort tomba de son dos. A cet instant, un trait de feu manqua de peu Elric et il fut obligé de regagner les airs. Mais, tandis que l'oiseau volait, il décocha une nouvelle flèche qui transperça le cœur d'un second cavalier reptilien. Cette fois encore, le monstre s'affola et battit en retraite vers le désert. Mais il restait encore dix cavaliers et chacun, à présent, pointait son arme sur Elric. Leur tir, pourtant, n'était pas facilité par l'humeur de leurs montures monstrueuses qui, toutes, se montraient rétives et plutôt désireuses de suivre les fuyards. Elric laissa à l'oiseau de métal le soin de manœuvrer entre les traits ardents, pour se consacrer à son arc. Ses habits et ses cheveux étaient noircis et il se souvint d'une précédente chevauchée sur l'oiseau de métal, qui les avait emportés au-dessus de la Mer Bouillante. L'extrémité de l'aile droite de l'oiseau avait fondu et son vol se faisait incertain par moments. Mais sans cesse il prenait de l'altitude et fondait sur les monstres, et Elric décochait flèche après flèche dans les rangs des créatures de Pio. Bientôt, il ne resta plus que deux reptiliens en selle qui se préparaient à battre en retraite car, non loin de là, un déplaisant nuage de fumée bleue venait d'apparaître à l'endroit précis où s'était trouvé Theleb K'aarna. Elric lança ses dernières flèches qui vinrent se planter dans le dos des monstres de Pio. Sur le désert, il ne demeurait désormais que des corps sans vie.

La fumée bleue se dissipa et seul le cheval de Theleb K'aarna réapparut. Ainsi qu'un autre corps. Celui de Myshella, Impératrice de l'Aube. Sa gorge avait été tranchée. Quant à Theleb K'aarna, il s'était évanoui, sans doute avec l'aide de la sorcellerie.

Désespéré, Elric regagna le sol sur l'oiseau de métal. La lumière se ternissait à présent sur les murailles de Tanelorn. Il mit pied à terre et vit des larmes sombres jaillir des yeux d'émeraude de l'oiseau.

Il s'agenouilla auprès de Myshella.

Nul mortel ordinaire n'aurait pu faire ce que Myshella fit alors. Elle ouvrit les lèvres et parla, bien que le sang se fût accumulé dans sa bouche, rendant ses paroles difficilement compréhensibles.

— Elric...

— Pourrez-vous vivre ? demanda-t-il. Avez-vous quelque pouvoir qui pourrait...

— Je ne peux vivre. Je suis morte. Déjà morte. Mais vous éprouverez quelque consolation à apprendre que Theleb K'aarna a mérité le mépris des Seigneurs du Chaos. Jamais plus ils ne l'aideront comme ils l'ont fait cette fois, car il s'est révélé incompétent à leurs yeux.

— Mais où est-il allé ? Je dois le poursuivre. La prochaine fois, je le tuerai, je le jure !

— Je pense que vous y parviendrez. Mais j'ignore où il a pu se réfugier. Elric... Je suis morte et mon œuvre est menacée. J'ai lutté contre le Chaos des siècles durant et, à présent, je le crains, il va s'étendre encore. La grande bataille entre les Seigneurs de la Loi et les Seigneurs de l'Entropie aura bientôt lieu. Les fils du destin s'entremêlent... Comme si la structure de l'univers allait se transformer. Vous... jouez un rôle dans tout cela... Un rôle... Adieu, Elric !

— Myshella !

— Est-elle morte, à présent ? demanda la voix funèbre de l'oiseau.

— Ay ! fit Elric, la gorge nouée.

— Alors, je puis la reconduire à Kaneloon.

Doucement, Elric prit le corps de Myshella, soutenant d'une main sa tête ensanglantée, et alla le placer sur la grande selle d'onyx.

L'oiseau lui dit alors : « Nous ne nous reverrons plus jamais, Prince Elric, car ma mort suivra de peu celle de ma Dame Myshella. »

Elric inclina la tête.

Les grandes ailes luisantes battirent dans un bruit de cymbales et la créature splendide s'élança dans le ciel. Elric la suivit des yeux jusqu'à ce qu'elle eut fait demi-tour, volant en direction du Bord du Monde.

Il enfouit son visage dans ses mains mais les larmes ne vinrent pas. Le destin de toutes les femmes qu'il avait pu aimer était-il donc de mourir ainsi ? Myshella aurait-elle survécu si elle avait accepté qu'il meure lorsqu'il le souhaitait ? Toute rage l'avait déserté, à présent. Il n'éprouvait qu'un désespoir absolu.

Une main se posa sur son épaule et il se retourna.

Il vit Tristelune, et Rackhir à son côté. Ils étaient venus à son avance.

— Les bannières ont disparu, dit l'Archer Rouge. Et les flèches aussi. Seuls demeurent les corps de ces créatures et nous allons les enterrer. Reviendras-tu à Tanelorn avec nous, Elric ?

— Tanelorn ne peut me donner la paix, Rackhir.

— Je pense que tu dis vrai. Mais j'ai chez moi une potion qui pourrait effacer certains de tes souvenirs, t'aider à oublier un peu de tout ce qui s'est passé depuis quelque temps...

— Je pense que j'apprécierais ta potion, mais je doute que...

— Elle t'aidera. Je te le promets. Avec elle, tout autre que toi connaîtrait l'oubli. Mais tu devras te satisfaire de quelques souvenirs effacés...

Les pensées d'Elric allaient en cet instant vers Corum, Erekosë, Jhary-a-Conel et tout ce qu'impliquait ce qu'il venait de vivre avec eux : s'il venait à mourir, il serait réincarné sous quelque forme pour souffrir et combattre à nouveau. Une éternité de lutte et de douleur. Si seulement il pouvait oublier cela... Il résista à l'envie soudaine de chevaucher loin de Tanelorn pour se consacrer aux simples affaires des hommes simples.

— Je suis tellement las des dieux et de leurs luttes, murmura-t-il en enfourchant sa jument dorée.

Le regard de Tristelune se perdit dans le désert.

— Mais quand donc les dieux se lasseront-ils eux-mêmes, je me le demande ? fit-il. Ce serait un jour de joie pour l'Homme, je pense. Peut-être que nos conflits, nos peines, nos combats ne servent qu'à soulager l'ennui des Seigneurs d'En Haut... Peut-être est-ce pour cela qu'ils nous ont fait imparfaits lorsqu'ils nous ont créés...

Ils tournèrent leurs montures vers Tanelorn. Tristement, le vent soufflait sur le désert et le sable commençait à recouvrir les corps de ceux qui avaient décidé la guerre contre l'éternité pour, inévitablement, rencontrer cette autre éternité qui était la mort.

Pour un temps, Elric chevaucha au côté de ses amis. Ses lèvres formèrent silencieusement un nom.

Et puis, tout à coup, il lança sa monture au galop en tirant son épée runique de son fourreau. Il tira sur les rênes et la jument dorée se cabra en lançant ses sabots vers le ciel pâle tandis que son cavalier ne cessait de hurler, d'une voix emplie d'amertume, de fureur et de chagrin : « Maudit ! Maudit ! Maudit ! »

Mais ceux qui l'entendirent — et parmi eux se trouvaient certains des dieux auxquels il s'adressait — savaient bien que seul Elric de Melniboné était vraiment maudit.

*Achevé d'imprimer en juin 1995
sur les presses de l'Imprimerie Bussière
à Saint-Amand (Cher)*

POCKET - 12, avenue d'Italie - 75627 Paris Cedex 13
Tél. : 44-16-05-00

— N° d'imp. 1596. —
Dépôt légal : février 1984.
Imprimé en France